Sigrid Heuck

Mondjäger

Thienemann

CIP-Kurztitelaufnahme der Deutschen Bibliothek

Heuck, Sigrid:
Mondjäger / Sigrid Heuck.
Stuttgart: Thienemann, 1983.
ISBN 3 522 13640 3

Umschlaggestaltung Sigrid Heuck in Einöd,
unter Verwendung des Bildes „La Charmeuse de
serpeuts" von Henri Rousseau (1907).
Bildvorlage mit freundlicher Genehmigung
von Photographie Lauros-Giraudon, Paris.
Schrift Aldus
Satz Alfred Utesch GmbH in Hamburg
Druck Offsetdruckerei Gutmann + Co. in Heilbronn
Offsetreproduktion Gustav Reisacher in Stuttgart
Einband Verlagsbuchbinderei Werner Müller in Stuttgart

5432

1. Kapitel

Sheba hatte mit ihrem Vater den Platz getauscht, weil sie gern aus dem Fenster sehen wollte. Das Dröhnen der schweren Motoren machte eine Verständigung untereinander mühsam. In die kahlen, violett schimmernden Berge hatte der Regen Runzeln gewaschen. Doch bald tauchten an den Hängen vereinzelt blaßgrüne Punkte auf, die sich immer häufiger zu größeren Flecken vereinigten. Die Berge blieben hinter ihnen zurück, und sie folgten einem breiten, in weiten Schleifen sich windenden Fluß.
„Gib mir das Buch!" sagte Pablo. Eigentlich hieß er Paul, aber seine Freunde nannten ihn Pablo, weil er eine so große Vorliebe für alles hatte, was mit Spanien zusammenhing.
Er war ihr Vater, ein großer, schlanker Mann, mit hängenden, leicht nach vorne fallenden Schultern. Wenn er müde war, sah er manchmal aus, als versuche er, den Kopf zwischen ihnen zu verbergen, ähnlich einer Schildkröte, die ihn in ihren Panzer zurückzieht. Seine Haut hatte die blasse Färbung eines in geschlossenen Räumen arbeitenden Menschen. Er lächelte selten, doch wenn er es tat, verzehnfachten sich die Fältchen in seinen Augenwinkeln, und sein Gesicht leuchtete. Das rührte Sheba jedesmal, und ein ihr unerklärliches Gefühl, ihn beschützen zu müssen, stieg in ihr hoch.
„Das Buch hat Jonny", erwiderte sie, ohne den Blick vom Fenster abzuwenden.
„Jonny – das Buch!"
Pablo drehte sich um und beugte sich nach hinten.
„Warum willst du es haben?" knurrte der Mann auf dem Sitz hinter ihm unwillig. „Du kennst es bald auswendig."
„Gib es mir trotzdem!" Der Mann reichte ihm einen abgegriffenen schmalen Band.
„Carlos sagte, dieser Juan Mendoza wüßte genau, wo wir den Jungen finden."
Sheba hörte dem Gespräch zu wie dem sich wiederholenden Refrain eines Liedes.

Seit langem hatte der Vater Bedenken, ob sie den jungen Indianer finden würden, der sie führen sollte.
„Und wenn er selbst den Weg nicht mehr weiß? Schließlich schlief er, als man ihn in dem Kanu fand."
„Aber er hat doch immer wieder beteuert, daß er den Platz kennt, an dem sein Volk lebt."
„Und warum ist er dann nicht zu ihm zurück?"
Pablo zuckte die Achseln.
Niemand wußte, woher der Junge gekommen war, und niemand hatte seine Sprache verstanden. Erst später, als er lernte, sich spanisch auszudrücken, hatte er von seinem Leben bei einem Volk tief im Urwald berichtet. Von Pyramiden hatte er erzählt, die hoch über die Wipfel der Urwaldbäume aufragten, und von Hütten, die ins Geäst gebaut wurden, von Festen, Zauberern, wilden Beschwörungstänzen und einem heiligen Baum. Er sagte, er hieße Mayaku. Vielleicht hätte niemand von ihm Notiz genommen, wenn nicht, weit von der Stelle entfernt, an der man den Jungen gefunden hatte, mitten im Inneren des Kontinents, schon einmal ein fremder Indianer aufgetaucht wäre. Er war einem Reporter über den Weg gelaufen und hatte diesem nach langem Drängen die merkwürdige Geschichte seines Volkes erzählt, das nie von den spanischen Eroberern entdeckt worden war. Der Reporter hatte ein Buch daraus gemacht, und dieses Buch war es, das Pablo in der Hand hielt und in dem er blätterte. Ungeachtet der Kritiken, die mit viel Überheblichkeit den Bericht lächerlich zu machen versuchten, hatte er Pablos Interesse geweckt. Dann fiel ihm eines Tages ein Zeitungsausschnitt in die Hände, der das geheimnisvolle Auftauchen des Jungen meldete. Auch hier war von einer unentdeckten indianischen Hochkultur die Rede. Das brachte Pablo auf die Idee, danach zu suchen. Obwohl er Arzt war, hatte er schon oft und mehr aus Liebhaberei als des Geldes wegen Artikel für eine große geologische Zeitschrift geschrieben, und weil er Spanisch fast so gut wie seine Muttersprache sprechen konnte, waren es fast immer Berichte aus Spanien gewesen. Er war glücklich, daß es ihm in kurzer Zeit gelungen war, die Redakteure dazu zu überreden, ihm die Mittel für eine kleine Expedition in den südamerikanischen Urwald zur Verfügung zu stellen. Die einzige Bedingung, die er erfüllen mußte, war, daß ihn ein Fotograf

begleitete, und so hatte er Jonny kennengelernt. Als alles soweit war, hatte er sich Urlaub genommen, er hatte mit den Agenturen verhandelt, Landkarten studiert und sich von seiner Tochter überreden lassen, sie mitzunehmen.

Sheba entdeckte einige große Vögel, die über den Baumkronen schwebten. Ab und zu unterbrachen Rodungen das dunkle Grün des Waldes. Unregelmäßig eckige Felder in helleren Farben zeigten, wo Siedler gegen die wuchernde Wildnis kämpften. Ihre Hütten standen auf Pfählen. Unerreichbar für steigendes Wasser.

Sheba erinnerte sich an das Heft in ihrer Tasche. Sie holte es heraus. Es war ein schwarzes, gelacktes Schulheft mit leeren karierten Seiten.

Ich, schrieb sie und strich das Wort gleich wieder durch. Sie begann eine neue Zeile.

Warum darf man einen Brief eigentlich nicht mit „ich" anfangen? Ich möchte Dir etwas mitteilen und bin gezwungen, mir etwas zu überlegen, damit diese Mitteilung nicht mit „ich" anfängt. Vielleicht ist es aber hier nicht so wichtig, denn das wird kein richtiger Brief. Ich will mich nur mit jemand unterhalten und so tun, als schreibe ich ihm alles, was mich bewegt, und über das ich mit Pablo nicht reden kann. Dies soll also kein richtiger Brief werden, der an einer Straßenecke in den Briefkasten gesteckt wird, und es wird auch kein Tagebuch. Aber irgendwie muß ich die Tage ordnen, und deshalb sollen sie Zahlen tragen. Heute ist der 51. Tag, weil ich genau sechzehn Jahre und einundfünfzig Tage alt bin. An meinem sechzehnten Geburtstag habe ich mich selbst für erwachsen erklärt. Und damit Du weißt, wer ich bin: Ich bin Sheba, ein Meter siebzig groß, achtundfünfzig Kilo schwer, grauäugig, blond, mit mittellangen leicht strähnigen Haaren und einer Nase, die einem Mädchen eher Spott einbringt. Sheba, zur Zeit auf Reisen.

Sie hörte auf zu schreiben und sah zum Fenster hinaus. Unter ihnen glänzte das Wasser durch die Bäume. Die in der Wasseroberfläche sich spiegelnde Sonnenscheibe huschte unter den Ästen hindurch wie ein Stück blankpoliertes Gold. *Es gibt nichts Schöneres als fliegen*, schrieb sie, *einfach abzuheben, jedem Verfolger zu entfliehen und über das Land zu schweben mit dem sicheren Gefühl, nicht abstürzen zu können.*

Es ist mir gleich, ob Du alt oder jung bist, Hauptsache, Du hörst mir zu, denn Pablo hat zu viel damit zu tun, sich selbst zuzuhören. Ihm tut die Reise gut, denn er haßt das bürgerliche Getue zu Hause, Förmlichkeiten unter Kollegen, die der Arztberuf mit sich bringt. Viel lieber liest er in seinen Büchern über fremde Völker und fremde Kulturen. Seitdem Mutter tot ist, gibt es für ihn nur noch die Bücher und ein bißchen mich. Sein größter Wunsch ist, selbst etwas zu entdecken und ein Buch darüber zu schreiben.

Das Schild „Fasten your seat belts" war vor Sheba aufgeleuchtet. Sie sah hinaus. Das Flugzeug machte eine Zwischenlandung. Am Rand der staubigen Piste standen ein paar niedere kümmerliche Hütten.

„Müssen wir raus?" fragte Jonny.

Auf einer Palme hockte ein großer schwarzer Vogel mit kahlem Kopf. Auch als die Maschine donnernd an ihm vorbeirauschte, ließ er sich nicht stören. Sie setzten hart am Boden auf und ratterten durch die Schlaglöcher. Sheba schüttelte es hin und her.

„Ja, ich glaube schon", sagte Pablo. „Wenn sie auftanken und die Post ausladen, darf niemand in der Kabine bleiben. Das ist überall gleich."

„War das ein Geier?" fragte Sheba.

„Was?" Ihr Vater hatte nicht aufgepaßt.

Sie waren die Gangway hinuntergeklettert und standen auf dem in der Mittagshitze brütenden Flugfeld. Wie eine Wand war ihnen die Hitze entgegengeschlagen, als sie die Maschine verließen.

„Scheiß Klimaanlage!" schimpfte Jonny leise.

Pablo sah sich suchend um. „Wo ist er?"

„Dort hinten." Sheba zeigte ihm den Baum. Der Vogel hatte seine großen Schwingen ausgebreitet. „Gleich fliegt er weg!"

„Von hier aus sieht er aus wie ein Rabengeier", sagte Pablo. „Aber genau kann ich es nicht sagen."

Die meisten Passagiere und die Besatzung saßen im Flughafenrestaurant. Auch Jonny wollte dorthin.

„Wann geht es weiter?"

„Wenn der Pilot und die Besatzung fertiggegessen, in Ruhe einen Mokka getrunken und dazu ihre Zigarette geraucht haben", sagte ein Mann neben ihnen. „Sie geben es über den Lautsprecher bekannt."

Pablo und Sheba durchquerten die Empfangshalle. Sie war grau und

ärmlich wie ein Wartesaal dritter Klasse. In einer Ecke schliefen zwei Katzen. Ein bunt bemalter und schon ziemlich verrosteter Autobus wartete draußen. Einige Leute stiegen ein. Dann fuhr er davon. Pablo beobachtete ihn entsetzt.
„Gleich verliert er ein Rad", sagte er.
Alles ratterte und klapperte an ihm. Die Koffer auf seinem Dach schwankten hin und her.
„Taxi, Señor?" Ein kleiner dicker Taxifahrer warb um Kundschaft.
„No, gracias!" Der Vater schüttelte den Kopf.
Sheba entdeckte eine offene palmblattgedeckte Hütte. An der einfachen Theke standen ein paar Indianer und tranken Bier.
„Könnten wir nicht auch etwas trinken?"
Pablo bestellte für sie eine Coca-Cola und für sich einen Tee.
Sie setzten sich auf zwei eiserne Gartenstühle in den Schatten. Neugierig starrten die Männer sie an. Es kam selten vor, daß weiße Fluggäste hier etwas zu sich nahmen. Den meisten war es nicht sauber genug. Sie aßen lieber im Restaurant. Sheba fühlte sich wie ein Tier im Zoo.
„Wir sind Gringos, Fremde", unterbrach der Vater ihre Gedanken. „Reiche Touristen. Sie mögen uns nicht."
„Aber wir tun ihnen doch gar nichts", sagte Sheba traurig.
„Wir zeigen ihnen, wie arm sie selbst sind."
Eine Lautsprecherstimme rief sie zum Flugzeug zurück.
Sie flogen durch ein Gewitter. Ab und zu fiel die Maschine in ein Luftloch, stürzte ein Stück, raffte sich auf und stieg, um den Höhenverlust wiedergutzumachen. Sheba hatte keine Angst. Sie wußte ja, daß sie nicht abstürzen würde.
Der Pilot gab die Höhe durch, in der sie flogen.
„Das ist zu hoch", schimpfte ein Mann. „Dieser Flugzeug-Typ darf gar nicht so hoch fliegen."
Doch darum kümmerte sich der Pilot nicht.
Einmal prasselte ein Regenschauer auf die Außenhaut der Maschine. Sheba konnte nichts sehen. Die Wolken verdeckten die Erde. Als sie erneut landeten, erinnerten nur noch ein paar Pfützen an das Gewitter.

2. Kapitel

Sheba suchte vergeblich nach einem Anzeichen von Wildnis, aber außer ein paar kümmerlichen Palmen am Rand der Piste entdeckte sie keine Bäume.

„Die Stadt liegt im Hochland“, erklärte Pablo, „östlich der Berge.“

Sheba hatte gewußt, daß sie dieses Mal nur über den Urwald flogen. Später wollten sie in ihn hineintauchen, mit dem Boot die Flüsse befahren und das Volk von Mayaku suchen. Das Volk mit den hohen Tempeln und den Häusern in den Ästen der Bäume. Sie brauchten Genehmigungen, um dies tun zu dürfen, und Carlos, der Freund des Vaters, hatte einen Freund, der auch ein Freund des Distriktleiters dieser Provinz war. Er hatte Pablo versprochen, ihnen bei der Beschaffung der Papiere zu helfen. Er hatte ihnen auch die Adresse von Juan Mendoza vermittelt, des Mannes, der sie mit seinem Boot in die Wildnis bringen sollte.

Sie fuhren mit dem Taxi durch leicht hügeliges Gelände. Am Straßenrand wuchsen Agaven und Opuntien. Dahinter lagen Maisfelder, und inmitten der Felder standen niedere Hütten, vor ihnen wälzten sich Schweine, Kinder und magere Hunde im Staub.

„Sie ziehen es vor, bei ihrem Mais zu wohnen“, sagte Jonny. „Dorfgemeinschaften liegen ihnen nicht. – È verdad?“ fragte er den Taxifahrer, nachdem er es ein bißchen holprig spanisch wiederholt hatte.

„Si, si, Señor“, sagte der. Er zog einen Lappen aus der Hose und wischte sich den Schweiß von der Stirn. „Der Mais ist ihr Leben. Auch ich habe ein Maisfeld hinter dem Haus. Vor einigen Jahren, als der Bruder meines Vaters in der Stadt Arbeit fand, ging es ihm sehr schlecht dort. Er sah die Sonne, spürte Wind und Regen, und irgend etwas trieb ihn auf ein Maisfeld, aber in der Stadt gibt es das nicht. Da steckte er einfach ein paar Maiskörner in Blumentöpfe, und gleich ging es ihm viel besser.“

Pablo sah ihn erstaunt an.

„Woher soll ein Campesino auch die beste Stunde für die Aussaat wissen“, fuhr der Taxifahrer fort. „Wie soll er den günstigsten Stand des

Mondes über dem Feld erkennen und den richtigen Wind spüren, den, der die Regenwolken mit sich bringt, wenn er nicht bei seinem Mais wohnt."

Er riß das Steuerrad herum und wich einem Maultiergespann aus.

„So ist das", sagte Pablo. „Dann steckt er also der Erdmutter die Körner in den Schoß, wenn alle Anzeichen günstig stehen. Er leiht sie ihr sozusagen, damit sie große kräftige Maispflanzen daraus wachsen lasse."

„Und er opfert dem Maisgott heute noch wie vor zweitausend Jahren Blumen, damit er die Pflanze befruchtet und dafür sorgt, daß ein oder zwei kräftige Kolben auf ihr gedeihen", fügte der Fahrer noch hinzu. „Ohne sie müßte er verhungern oder in die Stadt gehen und sich eine Arbeit suchen, und wenn er keine findet, verhungert er auch."

Als die Straße bergab führte, stellte der Fahrer den Motor ab.

„Das spart Benzin", erklärte er.

Die Felder wurden kleiner, und die Hütten rückten näher zusammen. Sie erschienen Sheba ärmlicher. Ölfässer standen vor den Türen, und leere Konservendosen lagen herum. Ab und zu verschwand ein quieksendes Meerschweinchen im Haus. Sie kamen an einer einfachen Tankstelle vorbei. Hinter ihr stand eine Reihe schmuckloser Steinhäuser. Eines war blau, das andere gelb, wieder ein anderes giftgrün bemalt. Über einer der Türen hing ein Schild: Bar. Alte Männer hockten davor. Sie trugen Ponchos. „Diablo!" Der Fahrer mußte scharf bremsen, weil einer von ihnen über die Straße torkelte. Er urinierte im Laufen. Der Urin tropfte von den Fransen des Ponchos auf die Straße.

Die meisten Häuser hatten nur eine Türe und kein einziges Fenster. Im Vorbeifahren versuchte Sheba, einen Blick in ihr Inneres zu erhaschen. Fast überall führte ein dunkler Gang in einen Innenhof. Dann war da auf einmal ein Haus mit mehreren Fenstern zur Straßenseite.

„Dort wohnt Gonzales", erklärte der Fahrer. „Gonzales ist ein Freund von mir. Er ist ein Ladino, genau wie ich." Jonny ließ sich den Unterschied zwischen einem Ladino und einem Indio erklären.

„Ladinos sind Indianer, die nach außen hin mit der Tradition gebrochen haben. Sie tragen dieselben Kleider wie die Weißen und wohnen in Häusern, die Fenster auf der Straßenseite haben. Der Indianer hält an

Poncho und Tradition fest. Er verschließt sich nach außen. Das Leben von ihm und seiner Familie spielt sich im Innenhof seines Hauses ab."
Das Taxi überholte einen alten, übervoll mit Menschen beladenen Autobus. Auf dem Dach war ein Schaf angebunden. Sandige Querwege kreuzten die Straße, und am Rand liefen Frauen mit großen Packen auf den Köpfen.
„Morgen ist Markt", sagte der Fahrer. „Sie kommen von weit her aus den Bergen."
Das Taxi hielt vor einem Hotel. Während Pablo den Fahrer bezahlte, half Sheba Jonny beim Ausladen des Gepäcks.
„Holst du jetzt gleich die Papiere?" fragte er Pablo.
„Was hast du vor, Sheba?" fragte der Vater.
„Ich bleibe hier." Sheba hatte keine Lust mitzugehen. Pablo und Jonny sollten das alleine tun.
„Gut, gehen wir, wenn wir das Gepäck versorgt haben."
Sheba dachte an das Heft in ihrer Tasche.
Immer noch der 51. Tag, schrieb sie später hinein, als sie auf ihrem Bett lag und die Füße ausstrecken konnte. Das Zimmer lag im Halbdunkel. Um die Hitze abzuwenden, hatte man die Läden heruntergelassen. *Kannst Du mir sagen, warum der Indianer nach innen lebt und der Ladino nach außen?*
Sie schlug das Heft wieder zu und kramte ein schmales Buch aus ihrem Koffer. Ihr Lehrer hatte es ihr zum Abschied geschenkt, als sie die Schule verlassen hatte. Er wußte, wohin sie fahren wollte. Es war die Schöpfungsgeschichte einer der großen indianischen Hochkulturen. Sheba las:
„Das ist die Kunde: Da war das ruhende All. Kein Hauch. Kein Laut. Reglos und schweigend die Welt. Und des Himmels Raum war leer."
Sheba vergaß, wo sie war. Hitze drang durch die Fensterläden. Nur von fern drangen Straßengeräusche an ihr Ohr. Sie rollte sich zur Seite, zog die Knie an und las weiter:
„Nur durch ein Wunder, durch Zauber, wurden Berge und Täler geschaffen. Und zugleich sprossen Zypressen und Tannen und bedeckten der Erde Antlitz."
Sheba rief sich die ärmlichen Hütten der Kleinbauern ins Gedächtnis

zurück. Sie konnte sich nicht vorstellen, wie so große Worte in den Menschen, die sie bewohnten, entstanden waren. „Wer hat sie nur so tief abstürzen lassen?“ fragte sie sich.

„Es teilten sich die Wasser. Die Bäche liefen frei zwischen den Hügeln, und die Wasser teilten sich, als die Gebirge erschienen.“

Irgendwann schlief Sheba ein. Das Buch war von ihrem Bett gerutscht und auf den Boden gefallen.

3. Kapitel

Jonny und Pablo hatten alle Genehmigungen erhalten. Bevor die Fahrt weitergehen sollte, besuchten sie mit Sheba am anderen Tag den Markt. Sie freute sich sehr darauf.
„Hilfst du mir tragen?" fragte Jonny.
Sie nickte, und er reichte ihr eine der Kamerataschen. In den Straßen drängten sich die Leute. Alles strömte der Kirche zu. Die Männer in ihren dunklen gewebten Kniehosen, in Hemd und roter Schärpe, schleppten die Lasten in Traggestellen oder mit Hilfe eines Bandes über der Stirn. Die Frauen balancierten sie auf dem Kopf. Dazwischen trieben Kinder Schafe, wurden Karren geschoben, Stände aufgebaut und eingerichtet, Waren gehandelt.
„Ist das Bambus?" Sheba deutete auf einen mit langen dicken Stengeln beladenen Wagen.
„Nein, Zuckerrohr."
Die meisten Verkaufsstände drängten sich um den Platz in den Straßen, die zur Kirche führten. Immer wieder blieb Sheba stehen.
„Was ist das?" fragte sie und deutete auf die fremdartigen Früchte und Kräuter. Doch Pablo konnte ihr nur selten Auskunft geben. Er wußte es auch nicht. Einmal aßen sie in schwimmendem Fett gebackene Heuschrecken. Zuerst ekelte sich Sheba vor ihnen, doch dann, aus Angst, daß sie sich selbst für zimperlich halten würde, nahm sie doch eine in den Mund. Sie schmeckte köstlich, salzig, knusprig, ein wenig nach gebackenen kleinen Krebsen. Bunte Teppiche wurden angeboten, gewebte Bänder, Röcke, Hosen, Tücher und Silberwaren. Jonny fotografierte. Die bösen Blicke, die ihn trafen, schien er nicht zu bemerken.
„Oh, wunderbar!" stöhnte er glücklich.
„Das ist aber nicht dein Auftrag", sagte Pablo.
„Das ist mir gleich."
Sie kamen an einen Stand mit gebrauchten Sachen. Im Schatten der Plane hockte ein alter Mestize. Die wulstigen Lippen in dem bartlosen Gesicht, unzählige Falten, die sternförmig bei den Augen zusammenlie-

fen, und die schwarzen, halblang geschnittenen Haare verliehen ihm einen maskenhaften Zug.
„Señorita, Señores, antik", flüsterte er mit heiserer, aufdringlicher Stimme. „Gut, antik, billig."
Sheba blieb stehen.
„Pablo, warte!" Sie hatte etwas entdeckt. Unter all den mit zentimeterdickem Staub bedeckten Dingen war ihr eine kleine Holzfigur aufgefallen. Sie lag auf der Seite unter anderem Kram, wie unbeachtet.
„Was gibt's?" Pablo ging ein paar Schritte zu ihr zurück.
„Sieh mal, da!" Sheba zeigte ihm die Figur.
„Ein Jaguar", sagte der Mann. Er zog ihn heraus und wischte mit der Hand den Staub weg.
„Es bonito."
Er sah aus wie ein hölzernes Kinderspielzeug. Vier steife Beine trugen einen langen Körper mit weit vorgestrecktem, lauerndem Kopf und tief herabhängendem Schwanz. Alles war mit einer hellen Orangefarbe und schwarzen Punkten bemalt, nur die Augen waren rotviolett und böse. Irgend etwas an ihm bezauberte Sheba.
„Möchtest du ihn haben?" fragte Pablo.
„Ja, gern."
Während der Vater mit dem Mestizen verhandelte, drehte Sheba die Figur in der Hand hin und her und entdeckte immer neue Eigentümlichkeiten. Die kleinen, flach an den Kopf gedrückten Ohren zum Beispiel, das eingeritzte Maul und die aufgemalten Barthaare. Dort, wo sein Nabel sein sollte, war ein merkwürdiges Zeichen. Der Umriß eines dicken Pfeiles mit einem zahnartig ausgebuchteten Schaft und einer gezackten Linie an der Spitze. Es schien ihr ein Symbol für irgend etwas Geheimnisvolles, wie der Schlüssel zu einer unbekannten Geschichte.
„Komm weiter!" sagte Pablo. „Er gehört dir."
Sheba fragte ihn nicht, was er gekostet hatte. Sie war einfach glücklich, daß sie ihn behalten durfte. Während sie die kleine Figur fest mit der Hand umfaßte, ließ sie sich im Strom der Leute weitertreiben.
„Señor, schöne Teppich, wollen sehen!" schrie eine Frau aus einem Stand. Außer ihnen waren nur wenige Touristen da. Sie gingen im Gewühl unter und ließen sich von der Menge aufsaugen. Als sie die

Kirche erreichten, erschrak Sheba. Dichter Qualm schlug ihnen entgegen. Auf der Treppe vor der weiß gekalkten, spanisch-barocken Fassade verbrannten Indianer Weihrauch.
„Das nennen sie ‚Pom'", sagte Pablo.
„Pom?" fragte Sheba.
„Irgendein Harz", sagte Pablo und blätterte in seinem Reiseführer.
Die Indianer pendelten kleine qualmende Blechdosen vor und zurück. Der Rauch verteilte sich über die Köpfe der Menschen, die weiter unten auf den Stufen hockten. Er stieg auf, umschmeichelte die Pilaster, das Gesims und die Kapitäle, umnebelte die Glocken im Giebel. Eine junge Frau blickte mit gleichgültigen Augen ins Leere, während sie ihren Rauchkessel schwang.
„Ist sie blind?" fragte Sheba erschrocken.
„Ich glaube nicht", sagte Jonny. „Sie konzentriert sich. Vielleicht schickt sie mit dem Rauch einen Wunsch in den Himmel, vielleicht eine Frage, einen Vorwurf oder einen Dank. Vielleicht denkt sie: Gott hilf mir, segne meinen Eingang und meinen Ausgang! Und meint damit Jesus Christus, den Maisgott, die Erdmutter und alle gutartigen Dämonen in einer Person."
Sheba sah auf den Stufen Blumen in leuchtenden Farben: Lilien, Amaryllis, Gladiolen und andere. Echte, gewachsen und geschnitten in einem Indiogarten und gewebte oder gestickte auf den Gewändern der Frauen, lilagrün auf ultramarinfarbenem Grund. Der aufsteigende Rauch, das Blöken von Schafen, Schweißgeruch und Marktgeschwätz. Das Mädchen schloß für einen Moment verwirrt die Augen. Dann drehte es sich um. Gegenüber der Kirchentreppe hatte ein Holzmaskenhändler seinen Stand aufgebaut. Buntbemalte Fratzen hingen an der Rückwand, teufelsähnliche, hexenähnliche Tierdämonen, Stier- und Vogelmasken. Alpträume. Darunter standen oder lagen Heiligenfiguren und verzerrte, primitive Kruzifixe. Der heilige Santiago auf einem prächtigen weißen Pferd erstach gerade einen vor ihm kauernden kleinen Krieger. Der heilige Georg mit seinem Drachen, der Sheba an ein Krokodil erinnerte, das sie in einem Zoo gesehen hatte, war von seinem Sockel gestürzt und lag in der Ecke. Dem heiligen Martin war der Kopf abgebrochen.

Der Weihrauch zog in Schwaden vor dem Stand auf und ab. Sheba wischte sich mit der Hand über das Gesicht, als ob sie etwas abstreifen wollte.
„Sheba."
Sie folgte Pablo und Jonny zu einem Seiteneingang der Kirche. Es war ein ungeschriebenes Gesetz, daß nur den Indianern der Eintritt durch das Hauptportal erlaubt war. Sie kamen in einen Hof, in dem ein paar alte Bäume standen.
Gegenüber dem kleinen Torbogen, durch den sie eingetreten waren, befand sich ein niederer, grün bewachsener Anbau, zu dem einige Stufen führten.
„Der Pfarrer hat hier nicht mehr viel zu melden", sagte Jonny, und Pablo nickte. „Wenn er klug ist, läßt er die Dinge so, wie sie sind."
„Man sagt, er sei klug."
Sheba ahnte, was sie damit ausdrücken wollten. Sie hatte gelesen, daß hier früher ein Tempel gestanden war. In ihm hatten die Indianer ihre Götter verehrt und allen voran dem Maisgott Opfer gebracht. Daran hatte sich auch nichts geändert, nachdem die spanischen Soldaten den Tempel zerstört hatten und christliche Missionare auf seinen Grundmauern eine Kirche erbauten. Auch als die Indianer getauft wurden, blieb alles beim alten.
Eine kleine Tür führte in die Kirchenhalle. Sheba hatte Bänke erwartet, schöne, geschnitzte, hölzerne, ordentlich in Reih und Glied stehende Kirchenbänke, so wie in allen anderen Kirchen, die sie kannte. Hier gab es das nicht.
Die Indianer hockten am Boden. Sie scharten sich in großen Gruppen um mit brennenden Kerzen übersäte Platten. Abgearbeitete braune, runzelige Hände steckten Blumen zwischen die Kerzen, ordneten Rosenblätter und Fichtennadeln um sie herum. Hinter den Männern und Frauen lagen die Waren in großen Packen, krabbelten Kleinkinder am Boden oder schliefen Säuglinge.
Der Hochaltar war unbeleuchtet, kaum erkennbar. Sheba mußte sich erst an die Dunkelheit gewöhnen. Allmählich, schemenhaft erahnte sie die Figuren des Altarbildes. Die Zeit hatte es dunkel werden lassen, dunkel und unbedeutend.

Viel wichtiger waren die Blumen in der Mitte am Boden.
„Opferblumen für den Maisgott", flüsterte Pablo Sheba ins Ohr. Und Sheba erinnerte sich an die kleinen Indianerhütten mitten in den Maisfeldern.
In der Kirche war es still. Die hölzernen, steifen, heidnisch-christlichen Heiligenfiguren an den Seiten des Langhauses starrten sich gegenseitig an. Ab und zu öffnete sich quietschend das große Hauptportal, und jemand betrat oder verließ die Halle mit dem Packen auf der Schulter und der Weihrauchdose in der Hand. Nachdem auch Pablo, Jonny und Sheba die Kirche verlassen hatten, schwiegen sie lange.
Als sie am Abend im Patio ihres Hotels aßen, trug Sheba immer noch den Jaguar in ihrer Tasche.
„Das Christentum war nicht stark genug, um die alten Götter zu verdrängen", sagte Pablo.
Die Blätter der Palmen in dem kleinen Innenhof raschelten leise zu der Melodie einer alten Indianerflöte.
„Was hat es fanatischen Bischöfen genützt, daß sie jeden nur brennbaren Beweis, der von der alten Religion zeugte, anzünden ließen, daß sie den Indianerpriestern die Köpfe abschlugen und auf den Grundmauern der zerstörten Tempel Klöster und Kirchen errichteten."
„Aus ihren Köpfen haben sie den alten Glauben nicht verdrängen können."
In ihrer Tasche umklammerte Sheba den hölzernen Körper des Jaguars so fest sie konnte. Sie preßte die Finger zusammen, wie wenn sie Saft aus dem Holz quetschen wollte, und auf einmal glaubte sie, ein Herz schlagen zu spüren. Sie zuckte zusammen.
„Du bist müde, geh schlafen!" sagte Pablo. „Jonny wollte dich nicht ängstigen." Sie ging auf ihr Zimmer.
52. Tag, schrieb sie in ihr Heft und lauschte dabei auf die fernen Töne der Flöte. *Pablo schenkte mir eine kleine alte Holzfigur. Einen Jaguar, orangerot mit schwarzen Flecken. Irgend etwas stimmt nicht mit ihm, aber vielleicht würdest auch Du ihn nur für ein einfaches Spielzeug halten? Wir waren in einer Kirche, die anders war als alle Kirchen zu Hause. Ich weiß nicht warum, aber beinahe hätte ich weinen müssen.*
Sie löschte das Licht und schlief ein.

4. Kapitel

Der Zug stand schon da, als sie am nächsten Morgen zum Bahnhof kamen. Sie waren um halb fünf geweckt worden und hatten unausgeschlafen ein lieblos hergerichtetes Frühstück eingenommen. Sheba hatte sich die Zunge an dem heißen Kaffee verbrannt, den sie eilig hinunterzuschütten versuchten, weil draußen bereits das Taxi wartete, das sie zur Station bringen sollte.

Jonny ging zum Schalter, um die Karten zu kaufen. Sheba fröstelte. Es zog auf dem Bahnsteig. Die Indianerinnen packten ihre Babys in warme Wolldecken.

„Komm, wir müssen einsteigen!"

Die Waggons waren aus dem Jahr 1912. Die Fahrgäste saßen auf ledergepolsterten Bänken, auf denen man je nach Laune vorwärts oder rückwärts fahren konnte. Sie waren umstellbar.

„Jonny will fotografieren. Gib ihm einen Fensterplatz!" sagte Pablo. Er reichte ihr die Koffer durch die Türe und half ihr, sie unter den Sitzen zu verstauen.

„Wie lange werden wir fahren?" fragte Sheba.

„Etwa acht Stunden", antwortete ihr Vater. „Aber genau kann das niemand sagen."

„Dem Fahrplan nach sollen es sieben und eine halbe Stunde sein."

Jonny war hereingekommen. „Aber wer richtet sich hier schon nach einem Fahrplan! Schließlich müssen wir über einen Paß, der viertausend Meter hoch liegt. Da ist die Luft dünn, und viele Uhren bleiben stehen."

„Im Hotel hat mir ein Mann erzählt, daß er kürzlich erst auf dieser Strecke aussteigen mußte."

„Um Gottes willen, warum denn?" fragte Sheba entsetzt.

„Weil der Zug überbelegt war. Die Indianer hockten sogar auf den Dächern der Waggons."

„Und was haben sie gemacht, um ihn doch noch über den Paß zu bringen?"

„Die Männer mußten aussteigen und vor der Lok Sand auf die Schienen streuen. So schaffte sie die letzte Steigung. Oben hielt sie an, alle stiegen wieder ein, und ab ging's hinunter in die Ebene."

Allmählich leerte sich der Bahnsteig. Eine dicke Indianerin riß die Waggontür auf. Sie holte aus ihrem bunten Umschlagtuch wollene Strümpfe und Handschuhe.

„Gringo, wollen kaufen", sagte sie, aber Pablo schüttelte den Kopf. „No, gracias."

Verärgert lief sie weiter.

„Wer kauft nur die warmen Sachen? Wollstrümpfe, Handschuhe und Pullover. Wozu das alles? Wir haben doch keinen Winter."

„In einer Stunde fragst du das nicht mehr", erklärte ihr Jonny. „Wenn wir erst mal oben sind, wirst du es verstehen."

Durch den Zug ging ein Ruck. Quietschend kamen die Räder ins Rollen. Sie fuhren. Doch Sheba hatte sich gerade an das Rütteln gewöhnt, da stand der Zug schon wieder, ruckte gleich wieder an und kam rückwärts in Bewegung.

„Warum fahren wir zurück?" fragte sie.

„Wir fahren im Zickzack den Berg hinauf", antwortete Pablo.

Jonny fotografierte tönerne Stiere, die auf den Dachfirsten der Häuser angebracht waren.

„Sie stecken sich die Stiere aufs Dach, weil sie sich ein Kind wünschen und natürlich eine gute Ernte, beziehungsweise ein gutes Geschäft."

Langsam quälte sich der Zug den Hang hinauf. Sheba kramte sich einen Pullover aus ihrem Koffer, stieß dabei auf ihr Heft und nahm es mit. Die Stadt war unter ihnen zurückgeblieben. Der Ausblick wurde weiter, der Kreis der Berge größer bis zu jenen gegenüber von ihnen, die allmählich aus dem blaugrauen Morgendunst auftauchten. Der Zug hielt, fuhr vorwärts, hielt, fuhr rückwärts, hielt, fuhr vorwärts, und das immer weiter in eintönigem Rhythmus, ohne daß sich die Aussicht veränderte. Da schlug Sheba ihr Heft auf und schrieb:

53. Tag. Sie überlegte einen Augenblick, sah nachdenklich den ihr gegenüber sitzenden Jonny an und schrieb weiter:

Von Jonny habe ich Dir noch nichts erzählt. Er ist Fotograf und hat von der Zeitschrift, die unsere Expedition bezahlt, den Auftrag bekommen, die Bilder für den Bericht zu machen, den Pablo schreiben will. Ich erinnere mich noch genau an den Tag, an dem er zum erstenmal zu uns kam. Pablo war ausgegangen, und ich büffelte gerade spanische Vokabeln. Als die Hausglocke ging, war ich sehr ärgerlich über die Störung. Pablo konnte es ja nicht sein. Er hatte einen Schlüssel. Ich wollte niemand sehen, denn ich hätte mir schon seit zwei Tagen die Haare waschen müssen. Draußen stand ein mir unbekannter Mann und fragte nach meinem Vater. Er war ein bißchen kleiner als Pablo, hatte eine Stirnglatze und rote Haare. „Na", sagte er frech. „Du bist wohl die Tochter des Hauses?" Da wußte ich gleich, daß ich ihn nicht mochte, denn ich habe es nicht gern, wenn Leute, ohne mich näher zu kennen, einfach ‚Du' zu mir sagen. Er trug Jeans, ein kariertes Hemd und eine Lederjacke. Heute weiß ich, daß er nie etwas anderes trägt. Damals war mir der Gedanke schrecklich, daß so jemand Pablo und mich in den Urwald begleiten würde. Inzwischen habe ich mich daran gewöhnt, und wir vertragen uns einigermaßen.

Fotos machen ist sein Geschäft. Es ist ihm völlig gleich, ob es die Leute stört, die er fotografiert. Er erledigt seine Aufträge, ohne sich darüber den Kopf zu zerbrechen. Pablo erzählte mir, daß Jonny sehr dagegen war, mich mitzunehmen. „Das ist nichts für eine Frau", habe er gesagt. „Und für ein junges Mädchen schon zweimal nichts. Sie soll lieber in Diskotheken gehen als in den Dschungel." Aber Pablo hatte es durchgesetzt, daß ich mitfahren konnte.

Der Zug fuhr immer langsamer. Keuchend zerrte die Lokomotive die lange Reihe der Waggons hinter sich her. Sheba fror. Sie erinnerte sich an die warmen Handschuhe und die Wollsocken, die die Indianerin ihnen angeboten hatte und wünschte sich, daß Pablo sie gekauft hätte. Aber Pablo schlief. Aus seinem leicht geöffneten Mund kamen rasselnde Geräusche.

Jonny las in einem Buch.

„Macht dir reisen eigentlich Spaß?" fragte Sheba ihn.

Er sah auf. „Das habe ich mich noch nie gefragt", sagte er. „Es ist schließlich mein Beruf."

„Ich glaube, für Pablo ist das die Reise seines Lebens."

Sheba stellte die Füße auf die nicht funktionierende Heizung und stützte die Arme auf die Knie.

„Nur weil sein Vater Arzt war, sollte er auch Medizin studieren. Er hätte gleich Ethnologe werden sollen."
„Aber es ist nicht dasselbe, ob man etwas als Beruf macht oder als Freizeitbeschäftigung", sagte Jonny.
Sheba schwieg und dachte nach. Obwohl ihr der Gedanke nicht gefiel, mußte sie zugeben, daß Jonny vielleicht recht hatte.
Der Zug passierte langsam ein kleines Steinhaus.
„Altura sobra level del mar 4319 metros", stand auf einem weißen Schild und darunter in Englisch „Height above sea level 14,172 feet". Im gelben Pampasgras neben der Bahnlinie weideten Lamas. Wenn sie die Köpfe hoben und mit vorgeklappten Ohren zum Zug hinüberstarrten, erschienen sie Sheba als die Verkörperung des Hochmuts. Kühl und verächtlich blickten sie mit ihren großen dunklen Augen auf jeden Eindringling. Sheba fiel die Anmut auf, mit der sie sich bewegten.
Der Zug fuhr schneller. Er schlingerte in den Kurven, ratterte abwärts und schüttelte die Reisenden auf ihren Holzbänken durch. Sie fuhren an einem Fluß entlang. Auf den Feldern gruben Bauern die Erde mit Grabstöcken um. Einer stach zu, und der hinter ihm gehende Mann kippte die Scholle mit den Händen nach außen. In diesen Höhen gediehen Gerste und eine besondere Sorte von kleinen Kartoffeln. Die Sonne stand hoch, und es wurde wärmer. Auf der anderen Seite des Flusses ritt ein Indianer auf einem mageren Pony. Er führte ein Packpferd an der Hand.
Sheba zog ihren Pullover aus und steckte ihn zusammen mit dem Heft wieder in den Koffer.
Die Vegetation änderte sich. Einmal hielt der Zug etwas länger an einer Station, und Sheba stieg mit Pablo aus. Sie entdeckten, daß das, was sie für einen Bahnsteig gehalten hatten, in Wirklichkeit die Dorfstraße war. Indianerinnen standen hinter Tischen, auf denen sie Essen anboten. Auf einem Tisch lag ein Schwein. Sheba beobachtete entsetzt, wie die Frau mit fettigschmutzigen Fingern Stück für Stück die Schwarte ablöste und verkaufte. Ein Mädchen lief an den Waggons entlang und bot Spiegeleier und selbstgebackene kleine Kuchen an. Allmählich füllte sich der Zug. Ein Mann schleppte ein paar Säcke herbei. Er kletterte auf einer am Gepäckwagen angebrachten schmalen Eisenleiter aufs Dach und ver-

staute sie dort. Dann, als sie alle oben waren, hockte er sich dazu und wartete auf die Abfahrt.
„Ich würde auch gern mal auf dem Dach fahren", sagte Sheba.
„Du nicht?"
„Wir können es ja versuchen."
Sheba wartete draußen, bis Pablo Jonny Bescheid gesagt hatte. Dann stieg sie hinter ihm die Eisenleiter hinauf. In der Längsachse des Wagens befand sich ein flacher Steg, auf den sie sich setzten. Sheba lehnte sich an einen der Säcke, stemmte ihre Füße gegen die schmale Eisenleiter, die auf beiden Seiten das Wagendach begrenzte, und fühlte sich sehr sicher.
Drei langgezogene Pfeifsignale kündigten die Abfahrt an. Ein Ruck ging durch die Wagenreihe. Der Zug fuhr wieder.
An der Dachkante tauchte die rote Kappe eines Kontrolleurs auf. Fahrkartenkontrolle. Er machte es mit breiten Beinen auf dem Steg stehend mit einer Selbstverständlichkeit, als säßen sie unten im Waggon. Als er fertig war, stellte er sich an eine steuerradähnliche Vorrichtung am Dachende und wartete.
„Was ist das?"
„Vermutlich die Bremse."
„Die Bremse?"
„Ich weiß es auch nicht genau."
Immer schneller fuhr der Zug zwischen steilen Hängen talwärts. Als die Wagen in den Kurven zu schlingern begannen, drehte der Schaffner an dem Rad. Sheba genoß die Fahrt auf dem Dach. Vereinzelt tauchten Eukalyptusbäume neben den Gleisen auf. Im Tal war es grün, aber die Macchia war dürr und rötlichbraun.
Sie näherten sich einem Tunnel. Der Lokomotivführer gab ein Signal. Kurz vor dem Eintauchen hatte Sheba einen Augenblick panische Angst. Das geht nicht gut, schoß es ihr durch den Kopf. Es ist viel zu nieder. Sie duckte sich tief über ihre Beine. Aber da wurde es schon wieder hell, und sie war stolz auf das Erlebnis. Beim nächsten Tunnel senkte sie nicht einmal den Kopf.
Sie blieben mehrere Stationen lang auf dem Dach. Es wurde immer wärmer. Der Fahrtwind hüllte sie ein und zerrte an ihren Haaren. Er vermittelte das Gefühl von Freiheit.

Bei einer der nächsten Stationen sagte Pablo, sie müßten gehen. „Wir können Jonny nicht so lange allein lassen", sagte er. Jonny begrüßte sie mürrisch.
„Es war nicht leicht, eure Plätze zu verteidigen", sagte er.
Hinter Sheba hatte sich eine dicke Indianerin niedergelassen. Drei Hühner gackerten unter dem Sitz, und eine Unzahl von Körben versperrte den Mittelgang.
Sheba sah zum Fenster hinaus. Am Bahndamm wuchsen wilde Bananen. Ihre langen gelbroten Blüten hingen in Dolden zwischen den riesigen Blättern, und sie dachte zuerst, es seien Orchideen. Ein Bauer arbeitete auf dem Feld. Als er den Zug hörte, richtete er sich auf. Dann hob er eine Flasche an die Lippen und trank. Den ersten Schluck spuckte er aus. Er war für die große Pachamama, die Erdmutter. Von dem zweiten an ließ er die Flüssigkeit in sich hineinrinnen, ohne abzusetzen. Er trank immer noch, als der Zug um die nächste Kurve fuhr, den Fluß auf einer schmalen Stahlbrücke überquerte und allmählich in das Dickicht des Regenwaldes tauchte.
Pablo kaufte auf einer Station drei Pappbecher voll Kaffee, und Sheba verteilte Schokolade.
„Hältst du diesen Juan Mendoza für fähig, ein Boot in ihm nicht bekannten Gewässern zu steuern?"
Während sich der Vater mit Jonny unterhielt, lehnte Sheba sich locker zurück, gab sich dem Rütteln des Zuges hin und hörte sein Pfeifen bald nur noch aus weiter Ferne.
Als sie aufwachte, fuhren sie in die Station ein, an der sie aussteigen mußten.

5. Kapitel

Juan Mendoza holte sie im Hotel ab. Er war Halbindianer. Mit den kurzgeschnittenen Haaren, den braunen, verwaschenen Hosen und dem darüber hängenden Polohemd hatte er sich äußerlich seinem weißen Elternteil angepaßt. In dem ein wenig zu oft lächelnden Mund blitzte eine Reihe großer Zähne, die in ihrem Gleichmaß nur von einem goldenen Eckzahn unterbrochen wurden. Sheba kam es manchmal so vor, als ob Juan nur so oft lächelte, damit jedermann diesen Goldzahn bewundern konnte. Er sah teuer aus, und er hatte sicher lange für ihn arbeiten müssen.
„Vamos!" sagte er. „Gehen wir Mayaku suchen!"
„Wohin?" fragte Pablo.
„Nach Bethlehem", antwortete Juan grinsend.
„Nach Bethlehem?" Sheba sah ihn verständnislos an.
„Die Leute nennen diesen Stadtteil so, weil seine Bewohner mindestens so arm sind, wie es Jesus bei seiner Geburt war." Jonny hing sich den Riemen der Kameratasche über die rechte Schulter. „Weißt du, wo Mayaku zu finden ist?" fragte er.
„Nein. Aber ich kenne einen Jungen, der es weiß."
„Ist es sein Freund?"
„Mayaku hat keinen Freund. Er ist anders als die anderen Jungen, ein bißchen komisch hier."
Juan tippte sich mehrmals mit dem Zeigefinger auf die Stirn, um ihnen zu verdeutlichen, was er meinte.
„Aber der Junge, den ich meine, spielt manchmal Fußball mit ihm."
Sie fuhren ein Stück mit dem Bus, drängten sich zwischen schwitzende Menschen und ließen sich durchschütteln. Sheba fiel ein, daß der Vater bei einem ähnlich aussehenden Gefährt geäußert hatte, es könne jeden Augenblick seine Räder verlieren, und sie malte sich aus, was geschehen würde, wenn dieser Fall einträte.
Bethlehem.
Wenn der Stall in Judäa vor zweitausend Jahren wie diese Bretterbuden

hier ausgesehen hatte, war Jesus wirklich ärmer als arm gewesen. Die Haltestelle lag auf einem Hügel. Sandige Wege führten abwärts zum Fluß. In den vom Regen ausgewaschenen Rillen suhlten sich Schweine in menschlichen Exkrementen, von denen sie sich auch zu ernähren schienen. Die Wände der Hütten bestanden aus Pappkartons, die mit Plastikfolie abgedeckt und regensicher gemacht worden waren, aus zusammengenagelten Obstkisten, vom Fluß angeschwemmten Brettern, Teilen alter Autos und Blechdosen, verstrebt und gestützt durch Bambusstäbe. Die Dächer waren aus Palmblattbüscheln. Besonders reich schien der zu sein, dessen Hüttenschachtel ein Wellblechdach besaß. In der Hitze verdampfte Urin, mischte sich Schweiß- und Verwesungsgeruch, aber das störte niemanden. Halbverhungerte Hunde und Katzen streunten auf Futtersuche umher, und auf jedem Pflock hockte ein Rabengeier.

„Und das alles heißt Bethlehem?" fragte Sheba Juan, auf die Hütten deutend. Sie dachte an die freundlich aussehenden Krippen unter den Weihnachtsbäumen zu Hause. Das, was dort als Stall dargestellt war, wäre hier ein Palast gewesen. „Belém oder Bethlehem, wie Sie wollen", erwiderte der Mestize.

„Gefällt es Ihnen?"

Als Sheba angewidert den Kopf schüttelte, lachte er. Sie liefen abwärts bis dort, wo die Hütten auf dem Wasser schwammen. Juan balancierte über ein Brett auf ein Floß, während Pablo, Jonny und Sheba am Ufer warteten.

„Antonio", rief er und dann noch einmal: „Antonio!"

„Antonio esta aqui!" krächzte eine Frauenstimme aus dem Inneren des kleinen Verschlages, der die Bewohner vor Sonne und Regen schützen sollte. Juan verschwand und kam gleich darauf mit einem großen, dicken Indianerjungen wieder heraus.

„Sie suchen Mayaku", sagte der Mestize mit einer schlenkernden Kopfbewegung in Pablos Richtung. „Weiß du, wo er ist?"

„Si, si." Antonio nickte übereifrig und überlegte dabei fieberhaft, wieviel er an Trinkgeld bei diesem Geschäft herausschlagen könnte.

„Bring uns zu ihm!" sagte Pablo. „Ist es weit?"

„No, no, solo cinco Minutos", beteuerte Antonio. Er bückte sich rasch

über den Bootsrand und spülte seine Hände in dem schmutzigen Flußwasser ab. Dann stopfte er das Hemd in die Hose, strich sich die fettig verklebten Haare aus dem Gesicht und kletterte an Land.
„Vamos!" sagte er.
Sie blieben in der Nähe des Ufers. Sheba sah Orangenschalen im Wasser treiben und einmal sogar eine aufgedunsene tote Katze. Antonio führte sie auf einer der Hüttenstraßen entlang und einmal auf einer Abkürzung zwischen zwei Hütten hindurch. Pablo ging hinter ihm, dann Sheba, dann Jonny, und den Schluß machte Juan Mendoza. Einmal schlug dicht neben Sheba ein Stein an die Bretterwand. Sie fuhr zusammen und drehte sich um.
„Weiter, weiter!" drängte Juan. Ein paar schmutzigweiße, magere Hühner flatterten aufgeregt davon. Die Hitze und der Gestank, vermischt mit dem Jauchegeruch des Flußwassers, wurden immer unerträglicher. Jonny wollte eine Wäsche waschende Frau fotografieren. Aber sie langte rasch mit ihrer Hand in den Fluß und spritzte ihm mit einer weitausholenden Bewegung einen Schwall Wasser über die Kamera.
„Scheiße!" schimpfte Jonny. Die Frau zog sich ein Tuch über den Kopf und rannte weg.
„Laß das!" rief Pablo.
„Sie mögen es nicht, fotografiert zu werden", erklärte Juan. „Sie glauben, daß der kleine Apparat ihre Seele stiehlt."
Plötzlich machte Antonio einen Sprung, langte mit seinen langen Armen unter ein vorspringendes Dach und zerrte einen nackten kleinen Jungen heraus.
„Donde esta Mayaku, Chico?" schrie er ihn an und schüttelte ihn hin und her. Der Kleine ließ nur ein schwaches Wimmern hören, plärrte dann „Mama, Mama!" und heulte los wie ein geschlagener junger Hund. Sein Gesicht war naß von Tränen.
„Donde esta Mayaku?" brüllte Antonio noch einmal, ohne seinen Griff zu lockern. Da hob der Kleine den Arm und zeigte auf einen Verschlag hügelaufwärts. Als Antonio ihn losließ, rannte er laut heulend davon.
„Pablo", sagte Sheba entsetzt. „Muß das sein?"
Doch Pablo zuckte nur die Schultern und folgte dem Indianer, der dem Verschlag zueilte. Es war kaum mehr als ein Loch mit zwei Wänden und

einem schräg auf dem Hang aufliegenden Palmdach. Antonio mußte sich bücken, um durch die Öffnung zu kriechen.
„Mayaku?" Er kam rückwärts wieder heraus, gefolgt von einem uralten Mann. Das weiße Haar über dem verwitterten Gesicht stand halblang in allen Richtungen ab. Aus dem zahnlosen Mund brabbelten Worte.
„Er ist nicht ganz bei sich", flüsterte Juan Sheba ins Ohr.
„Voll Rauschgift und voll mit vergangener Zeit."
Doch Antonio verstand ihn offensichtlich. Er sprach mit ihm in einem sonderbaren Dialekt, und Sheba hörte nur immer wieder den Namen „Mayaku" heraus. Dann deutete der Alte zum Fluß hinunter, und Antonio nickte mit dem Kopf.
„Gracias", sagte er und wendete sich schon wieder ab. „Adiós."
Sheba konnte sich des Gefühls nicht erwehren, daß die höfliche Verabschiedung mehr ihnen galt als dem alten Mann. Es schien ihr, als wolle Antonio den schlechten Eindruck verwischen, den er durch die grobe Befragung des Kindes hervorgerufen hatte. Sie gingen zum Ufer zurück, hielten sich dicht am Wasser und standen auf einmal vor einem Jungen, der unbeweglich auf einem Stein hockte und eine Angel ins Wasser hielt. Er starrte auf die Wasseroberfläche, als hätte er die Fähigkeit, durch sie hindurch zu sehen, als wollte er den Fisch, den er zu fangen hoffte, hypnotisieren, lähmen und durch einen Zauber dazu bringen, zuzubeißen, um mit ihm das nagende Gefühl in seinem Inneren zu besänftigen. Antonio befahl Juan mit einer Handbewegung, die anderen zurückzuhalten, und näherte sich dem Jungen behutsam. Fast schlich er sich an.
„Mayaku."
Der Junge blieb sitzen. Nur ein leises Zittern der Leine in seiner Hand zeigte, daß er verstanden hatte.
„Mayaku", wiederholte Antonio.
Da sah er auf.
Sheba erschrak. Zuerst wußte sie nicht, warum. Er sah anders aus als die Indianer, die sie bisher gesehen hatte. Nicht nur die ungeschnittenen, in strähnigen Wellen bis über die Schulter fallenden Haare, auch das Gesicht war ihr fremd. Er schien kaum älter als sie zu sein. Über der feinen Nase waren die von buschigen Wimpern überdeckten Augen nachtdunkel wie alle Indianeraugen, voll Trauer. Auch der Mund war

schmal und nicht wulstig wie die Lippen Antonios oder Juans. Sheba kam es so vor, als ob er noch nie gelächelt hätte. Über einer kurzen farblosen Hose, die nur von einer Schnur über den Hüften gehalten wurde, hing ein zerrissenes, ehemals weißes Hemd. Doch dann wußte Sheba auf einmal, warum sie so erschrocken war. Auf dem Rücken der linken Hand, die die Angelschnur hielt, war ein Zeichen eintätowiert. Es war der Umriß eines dicken Pfeiles mit einem sägezahnartigen Schaftende und einer gezackten Linie vor der Spitze.
Es war dasselbe Zeichen, das sie auf dem hölzernen Jaguar entdeckt hatte.
Antonio redete hastig auf den Jungen ein. Der nickte mit dem Kopf.
„Es ist der Junge, den Sie suchen. Es ist Mayaku.“ Antonios Gesicht nahm ein schullehrerhaftes Aussehen an. „Aber ich warne Sie“, fuhr er fort, „die Leute sagen, er sei nicht ganz richtig im Kopf. Glauben Sie ihm nicht alles, was er Ihnen erzählt.“
„Frag ihn, ob er Lust hat, uns zu seinem Volk zu bringen!“ verlangte Pablo.
„Fragen Sie ihn das doch selbst“, sagte Antonio frech. „Er kann spanisch.“
Pablo sah ein, daß Antonio seine Aufgabe als beendet betrachtete. Er drückte ihm einen Geldschein in die Hand.
„Bastante?“
„Muy bien“, Antonio trollte sich davon, blieb dann noch einmal stehen und rief: „Obwohl Sie ein Gringo sind, tun Sie mir leid. Seine Geschichten sind nur gut für die Zeitungen, wenn sie wieder mal nicht wissen, was sie drucken sollen. Für mehr taugen sie nicht.“
Doch Pablo hörte nicht mehr hin.
„Mayaku“, sagte er. „Würdest du uns zu deinem Volk begleiten?“
Langsam stand der Junge auf. Er rollte die Angelschnur zusammen und schob sie in die Hosentasche. Dann drehte er sich um. „No, Señor“, sagte er ruhig und ging davon.
Sheba wagte nicht, ihren Vater anzusehen. Sie wußte, wie enttäuscht er war, und konnte ihm doch nicht helfen.
„Lassen Sie ihn gehen!“ Juan Mendoza sah Mayaku nach, während er weiterredete: „Er wird seine Meinung ändern. Man muß ihm nur genug

Geld bieten, dann kommt er mit. Das tun alle. Morgen ober übermorgen besuche ich ihn allein. Ich mach das schon. Sie können sich auf mich verlassen."

Morgen, übermorgen und ob überhaupt – Pablo, der es gewöhnt war, gradlinig auf sein Ziel zuzugehen, erschien das eine Zeitverschwendung, ein unnötiger Umweg. Aber er mußte sich fügen. Sie konnten nichts anderes tun. Auf dem Rückweg ins Hotel redeten sie wenig. In der Nähe des kleinen Verschlages, in dem der Alte hauste, sah Sheba den nackten Jungen wieder, den Antonio so heftig angefahren hatte. Er spielte mit einem großen Käfer.

„Das nennen sie Mannvogel-Spiel", erklärte Juan, als er bemerkte, daß Sheba langsamer ging. Der Junge hatte dem Käfer eine Schnur um den Leib gebunden und ließ ihn fliegen. Immer wieder versuchte das verzweifelte Tier, vor seinem Peiniger zu flüchten, doch das Kind riß ihn jedesmal wieder zurück. Es wollte sich ausschütten vor Lachen, wenn der Käfer einen neuen Fluchtversuch startete.

„Sie haben es erfunden, als die ersten Hubschrauber über dem Urwald herumflogen. Sie sagen Mannvogel zu ihnen. Früher habe ich es auch gespielt."

Sheba tat der Käfer leid. Auf einmal wollte er nicht mehr flüchten. Der Junge zupfte an der Schnur, um ihn zu reizen. Da brach er auseinander. Der zuckende Hinterleib rollte in den Sand. Die Zangen am Kopf öffneten und schlossen sich ein paarmal. Dann war er tot.

Enttäuscht über das zerbrochene Spielzeug, lief das Kind davon.

6. Kapitel

Sheba hockte mit angezogenen Knien auf ihrem Bett und schrieb in ihr Heft.

54. Tag. Heute nacht hatte ich einen sonderbaren Traum. Ich will ihn Dir erzählen, aber bitte, lach mich nicht aus. Ich lief allein im Dschungel umher. Es war fast dunkel, und ich kann nicht sagen, war es, weil die Blätter kein Sonnenlicht durchließen oder weil es Nacht war. Lianen streiften mein Gesicht. Plötzlich stand ich vor einer breiten Steintreppe, die zwischen den Stämmen steil nach oben führte. Irgend etwas zog mich hinauf. Auf den Stufen waren merkwürdige Zeichen eingemeißelt, und einmal kam ich an einem steinernen Jaguar vorbei. Er hockte auf einem Sockel und fletschte die Zähne. Ich stieg weiter in die Kronen der Bäume, durch sie hindurch und über sie hinaus. Am Himmel gab es nur Sterne und Wolken. Dann war die Treppe zu Ende. Auf einer Plattform stand eine sonderbare Gestalt. Sie hatte einen Mantel aus bunten Papageienfedern um die Schultern gelegt und eine Federkrone auf dem Kopf. Es war Mayaku. Da stolperte ich und fiel hin. Er sagte: „Die Sonne beherrscht den Mann und der Mond die Frau. Manchmal kommt der Mond auf die Erde. Dann bleibt der Nachthimmel dunkel. Ich bin der Mondjäger."

Er nahm meine linke Hand und malte mit dem Finger den Umriß eines dicken Pfeiles auf meinen Handrücken. Der Pfeil hatte ein sägeblattartig gezacktes Schaftende, und von seiner Spitze zuckte ein Blitz nach vorn. Das Zeichen brannte sich ein, aber es tat nicht weh. „Spring auf die Erde zurück", sagte er. „Ich befehle es Dir!"

Ich folgte ihm, denn ich weiß ja, daß ich nicht abstürzen kann. War das nicht ein schöner Traum? Ich wüßte gern, was er bedeutet.

Sheba legte das Heft zur Seite. Draußen pfiff ein Vogel. Er fing hoch an, trillerte einmal, brach ab, setzte noch einmal tiefer an, um dann Klangfarbe und Tonart zu wechseln. Sheba hörte ihn nicht zum erstenmal. Es war, als ob ihr der Vogel eine Geschichte erzählen wollte, aber Sheba verstand seine Sprache nicht. Pablo hatte ihr erklärt, daß es ein

Stärling sei und daß er in Gefangenschaft die Menschensprache erlernen könne. Aber Sheba war der Ansicht, daß seine eigene Sprache schöner klingt.
Sie verließ ihr Zimmer und ging hinunter. Pablo, Jonny und Juan Mendoza hockten in der Bar.
„Er will nicht, nicht für alles Geld, das Sie ihm bieten", sagte Juan. Er lächelte nicht, doch als er es sagte, blitzte kurz sein Goldzahn auf. „Ich konnte ihn nicht einmal dazu überreden, mit hierher zu kommen. Vielleicht steckt da der alte Indianer dahinter. Bei ihm fand er Unterschlupf, damals, als sie ihn in die Stadt brachten."
„Und wenn du dem Alten Geld bietest?" fragte Jonny.
„Das habe ich schon getan. Es war zwecklos."
Pablo bemerkte Sheba. „Willst du etwas trinken?"
„Un jugo di Maracuja, por fabor!" sagte Sheba zu dem Barkeeper. Sie waren die einzigen Gäste. Die meisten Touristen waren unterwegs.
„Un jugo por la Señorita!" Der Barkeeper schob Sheba das Glas mit dem Maracujasaft zu.
„Gracias", sagte Sheba.
„Vielleicht geht er nicht mit, weil er selbst nicht mehr weiß, wo er den Heimweg suchen muß", sagte Jonny.
„Es hieß doch, daß er schlafend aufgefunden wurde. Wie kann er wissen, welchen Weg er zurückgelegt hat?"
„Er behauptet, daß er weiß, wie groß der Mond war, als er abfuhr, und wie klein, als man ihn fand. Und außerdem zeigt ihm der Jaguar, in welche Richtung er gehen muß."
„Der Jaguar?"
„Vermutlich meint er damit ein Sternbild. Er sagt, er findet jederzeit den Weg zurück, aber er will keine Fremden zu seinem Volk bringen, denn mit ihnen käme der Unfriede, und außerdem würde ihm das Gesetz eine Rückkehr verbieten."
„Vielleicht weiß ich, wie man ihn dazu bringen kann, mit uns zu gehen", sagte Sheba, einer Eingebung folgend.
„Wenn Juan es schon nicht fertiggebracht hat, schaffst du es erst recht nicht."
„Laß es mich versuchen, nur mit Juan, ohne Jonny und dich!"

„Mir ist es recht“, sagte Pablo.
An diesem Abend verließ Sheba die Männer bald, weil sie sich betranken. Sie haßte betrunkene Männer, auch wenn einer von ihnen ihr Vater war. Sie ging auf ihr Zimmer und zog sich aus. Als sie sich die Hände wusch, betrachtete sie lange den Handrücken ihrer linken Hand. Aber sie konnte nichts sehen, keinen Pfeil, keine gezackte Linie, gar nichts. In der Nacht wachte sie einmal auf, weil sie glaubte, Schüsse gehört zu haben. Aber als sie wach war, blieb alles still.
Beim Frühstück traf sie Pablo und Jonny über eine große Landkarte gebeugt an.
„Hier“, Pablo machte mit einem Stift ein Kreuz auf einen Punkt am Hauptstrom. „Hier fanden Flußfischer das Kanu mit dem schlafenden Jungen. Das hat Juan erzählt. Konnte er nicht aus diesem Nebenfluß gekommen sein?“
Pablos Finger rutschte ein Stück stromaufwärts.
„Aus diesem, jenem oder einem anderen, ganz zu schweigen von den Nebenflüssen der Nebenflüsse“, sagte Jonny. „Gib es auf, Pablo. Wir fahren ein Stück flußabwärts, besuchen eine der Indianergruppen, die in der Nähe des Ufers wohnen, und machen einen Bericht über sie. Dem Redakteur werde ich später alles erklären.“
Sheba holte sich Schinken, Käse und Papaya-Schnitten von einem Tisch in der Mitte des Raumes. Sie hörte der Unterhaltung zu, ohne sich einzumischen. „Der Junge erzählte von Stein-Pyramiden. Wo Steine verwendet wurden, muß es auch Steine geben. Es könnte also ein Bergrücken oder sonst eine trockene Stelle in der Nähe sein.“ Pablo gab nicht so schnell auf, wenn er sich etwas in den Kopf gesetzt hatte. Er wollte nicht zu irgendwelchen Waldindianern. Er wollte zu dem sagenhaften Volk, von dem Mayaku berichtet hatte. Zu dem Volk, von dem der Ethnologe in ihm annahm, es gehöre zu einer unentdeckten Hochkultur.
„Wenn man die Steine berücksichtigt, kann man die Nebenflüsse, die aus dem Sumpfgebiet kommen, streichen. Dann bleibt nur dieser oder der hier“, fuhr er fort.
Jonny schüttelte den Kopf. „Abgesehen von denen, die in diesen oder jenen münden“, sagte er. „Und die auf der Karte gar nicht eingezeichnet

sind, weil sie niemand kennt. Nein, ohne Mayaku haben wir keine Chance."

Pablo starrte schweigend auf die Karte. Sie zeigte nur einen Bruchteil der unendlich riesigen, vom Urwald beherrschten Tiefebene.

Jonny hatte recht, ohne Mayaku wäre die Expedition von vornherein zum Scheitern verurteilt. Ohne Mayaku brauchten sie gar nicht erst loszufahren. „Buenos Dias!" Juan Mendoza stand vor ihnen. Er wollte Sheba abholen. „Wir müssen laufen", sagte er. „Heute fährt kein Bus."

„Warum? Was ist passiert?"

„Die Schüler demonstrieren gegen Fahrpreiserhöhungen. Heute nacht hat es schon Schießereien gegeben."

„Schießt die Polizei auf Kinder?" fragte Jonny entsetzt.

„Auf jeden, der sich auflehnt", sagte Juan, „aber Sie brauchen keine Angst zu haben. Ich bringe Señorita Sheba auf Nebenstraßen zum Fluß."

„Sollen wir euch nicht doch begleiten?"

„Nein!" Sheba war sich nicht mehr sicher, ob ihre Eingebung von gestern gut war. Sie war ein Versuch, und sie wollte diesen Versuch allein machen. Sie ging auf ihr Zimmer und holte den Jaguar. Noch einmal betrachtete sie das Zeichen auf dem Bauch. Dann gab sie sich einen Ruck und steckte ihn in ihre Umhängetasche.

„Ein Versuch", dachte sie, „mehr nicht."

Vielleicht trieb sie auch nur die Neugier an. Neugier, was Mayaku zu der alten Holzfigur sagen würde, die das gleiche Zeichen trug wie er.

Juan führte sie durch enge Gassen. Plötzlich rannten Leute an ihr vorbei. Beißender Geruch drang ihr in die Augen, und an den Ladentüren der Geschäfte fielen ratternd eiserne Gitter herunter.

„Tränengas!" rief Juan. „Komm schnell!"

Er begann zu laufen. Zuerst wollte Sheba in eines der Geschäfte flüchten, aber das Gitter verwehrte ihr den Eintritt. „Weiter! Weiter!" Juan trieb sie an.

Er lächelte nicht mehr, faßte sie an der Hand und zog sie mit sich. „Tränengas", dachte Sheba „gegen Schüler, die die hohen Fahrpreise nicht bezahlen können – Tränengas und Schüsse!" Es biß in ihren Augen. Sie mußte niesen und getraute sich nicht, tief einzuatmen. Als sie das Elendsviertel erreichten, verhallten die Rufe hinter ihnen. Die Ärmsten der Armen brauchten ihre ganze Kraft, um zu überleben. Zum Demonstrieren fehlte ihnen der Antrieb. Die Kinder spielten auf den Sandstraßen zwischen den Schweinen. Die Frauen schleppten ihre Wäschekörbe zum Wasser hinunter, und auf ihren Pfählen hockten die Rabengeier und warteten.

Sie fanden Mayaku vor dem Verschlag des Alten. Als er Juan Mendoza sah, sprang er auf, um zu fliehen. Doch Sheba rief schnell: „Mayaku! Sieh her!"

Der Junge blieb stehen und drehte sich um, und im Umdrehen sah er Sheba an, die ihm den Jaguar hinhielt. Er erstarrte, und für einen kurzen Augenblick fiel der Vorhang von seinem Gesicht. Der Vorhang aus Gleichgültigkeit, Resignation und Ergebenheit in ein Schicksal, das ihn zwang, fern von seinem Volk zu leben.

Wie ein Sonnenstrahl durch das Laubwerk eines Baumes huscht, so leuchtete sein Gesicht auf vor Freude.

„Wo hast du das her?" rief er und machte einen Satz auf sie zu. „Es gehört mir!"

Doch Juan Mendoza erwischte sein Handgelenk und hielt ihn fest. „Bastate, chico!"

Mayaku wand sich unter dem harten Griff, doch Juan gab nicht nach.

„Du bekommst ihn, wenn du uns zu deinem Volk bringst", sagte Sheba. „Ich verspreche es dir!"

Mayaku stand mit verschlossener Miene da und schwieg.

„Du kannst mir glauben. Ich belüge dich nicht. Niemand will deinem Volk etwas tun. Wir wollen es nur besuchen, und vielleicht wird mein Vater ein Buch über es schreiben. Dann wird es in der ganzen Welt berühmt."

Immer noch hielt sie das kleine Totem-Tier in der Hand, doch auf ein Zeichen Juans hin sagte sie noch: „Aber du bekommst es erst, wenn wir dort sind."

„Bien", sagte Mayaku da unvermittelt. „Es ist weit und mühsam. Wann wollt ihr losgehen?"

Da mischte sich der alte Mann ein. Er fuhr auf den Jungen los und überschüttete ihn mit einem Schwall brabbelnder Worte.

Obwohl Sheba nichts davon verstand, konnte sie doch dem Tonfall entnehmen, daß er Mayaku von seinem Entschluß abzubringen versuchte.

„Komm mit ins Hotel!“ unterbrach der Mestize den Wortschwall des Alten. „Dort werden wir alles Weitere besprechen!“

Er gab Sheba einen Wink, den Jaguar wieder einzustecken und ihm zu folgen. Der Junge hatte angebissen. Solange sie den Köder mit sich führten, würde er ihnen folgen.

7. Kapitel

Sheba schrieb in ihr Heft:
55. Tag. Pablo unterhielt sich lange mit Mayaku. Juan saß daneben und half Pablo, wenn er einmal nicht gleich das richtige Wort fand. Jonny fotografierte uns im Innenhof des Hotels. Mayaku mußte sich in Positur stellen, und es fehlte gerade noch, daß Jonny von ihm verlangte, seine Kleider auszuziehen, damit er ihn nackt fotografieren könnte, so wie die Leser sich einen Wilden vorstellen. Mayaku machte alles, was Jonny sagte, weil die Reporter das vorher auch von ihm verlangt hatten. Ich schämte mich für uns. Daß irgendeine seltsame Verbindung zwischen Mayaku und dem hölzernen Jaguar besteht, bezweifelt niemand. Aber Pablo kann sich nicht erklären, warum wir ihn im Hochland, so weit von hier entfernt, bei einem Händler gefunden haben. Man kann nur vermuten, sagt er, daß dieser Händler weit umherreist, wenn er seine Sachen zusammensucht. Solange ich den Jaguar bei mir habe, fühle ich eine Verbindung zwischen Mayaku und mir. Sie ist wie ein unsichtbarer Faden, der uns aneinander knüpft. Morgen wollen wir Juans Boot besichtigen und alles Notwendige einkaufen. Dann geht es los.
Während Sheba schrieb, dämmerte es draußen. Sie saß an dem kleinen Tischchen in ihrem Hotelzimmer, und obwohl das große Fenster neben ihr mit einem Mückendraht gesichert war, summten einige Moskitos um sie herum.
Ich freue mich auf den Fluß und den Wald und bin sehr neugierig auf Mayakus Volk, schrieb Sheba noch und klappte dann das Heft zu. Sie goß sich aus der auf ihrem Nachttisch stehenden Flasche ein Glas Mineralwasser ein und holte die Tablettenschachtel aus dem Koffer. Dann nahm sie eine Chinin-Tablette und ging zu Bett.
Am nächsten Tag führte Juan sie die im Zickzack angelegte, an vielen Stellen morsche Holzstiege hinunter bis an die Stelle, wo ein schmales, schlecht befestigtes Brett die Verbindung des kleinen Schiffes mit dem Ufer herstellte.
Es war ein langes, mittelgroßes Boot, das fast ganz überdacht war.

„Das ist nicht nur gut gegen Regen, sondern auch gegen die Sonne", fand Pablo.
„Hoffen wir's." Jonny betrachtete skeptisch die ausgedörrten Palmblätter, aus denen das Dach bestand. Er glaubte nicht, daß es einem tropischen Gewitterregen standhalten würde.
Da Juan Mendoza in der Hauptsache Touristen auf dem Fluß spazieren fuhr, liefen seitlich am Bootsrand Bänke entlang. Der Dieselmotor in der Mitte wurde durch einen großen eisernen Kasten verdeckt.
„Taugt er was?" fragte Jonny. Er hob den Deckel des Kastens auf und sah hinein.
„Verstehst du denn etwas davon?" Pablo kam zu ihm und betrachtete ebenfalls das Gewirr von Röhren, Schläuchen, Zylindern und Drähten.
„Nein."
„Mit dem fahre ich Sie bis nach New York."
Juan Mendoza fühlte sich persönlich angegriffen, wenn jemand die Qualität seines Motors anzweifelte. „Er ist noch fast neu."
„Na, na", Jonny wiegte bedenklich den Kopf hin und her.
„Was bedeutet das?" Sheba zeigte auf ein Kanu, das an der Bootswand festgemacht war.
„Wir brauchen es für die schmalen und seichten Nebenflüsse, für die das große Boot zuviel Tiefgang hat", erklärte ihr Pablo.
Während sich Juan um den Dieselmotor kümmerte, kauften Jonny und Pablo bei einem Händler ein. Sheba begleitete sie. Pablo hatte eine lange Liste angefertigt, auf der alle notwendigen Dinge aufgezählt waren. Sie wollten einige Wochen unterwegs sein. Pulverkaffee, Tee, Konserven, Reis, Zucker, Salz, Dauerwürste und Fertigsuppen in Beuteln kauften sie und außerdem noch Hängematten, Moskitonetze, Macheten, Plastikplanen, mehrere Trinkwasserkanister und Angelzeug.
„Fische gibt's immer", sagte Pablo, „und vielleicht können wir den Indianern am Fluß Maniokwurzeln abkaufen?" Doch der Händler schüttelte den Kopf. Er war ein Kreole, Nachfahre eingewanderter Spanier. „Sie brauchen den Maniok für sich selbst", erklärte er, „sonst verhungern sie."
„Verhungern?" fragte Jonny erstaunt. „Ist das Land, auf dem so hohe Bäume wachsen, denn nicht fruchtbar?"

„Kaum fruchtbarer als eine Wüste."
Sheba sah die wasserdichten Plastiksäcke an, in die er die Lebensmittel verpackte, und dachte darüber nach, wie einfach es für sie war, keinen Hunger leiden zu müssen. Sie brauchten nur für alles zu bezahlen.
„Die Indianer, die Sie am Fluß sehen und die Ackerbau betreiben, kommen aus dem Wald." Der Händler redete weiter, während er abwog und alles bereitstellte.
„Aber warum bleiben sie nicht dort, wo ihre Familien seit Jahrtausenden ein Auskommen finden. Was zieht sie an den Fluß?" Jonny verstand das alles nicht.
„Es ist die Wunderwelt des technischen Fortschritts, die Zivilisation, wie Kofferradios, Außenbordmotoren und andere Zauberdinge, Versprechungen herumreisender, skrupelloser Händler, die sie zu Käufen veranlassen, die sie nicht bezahlen können, weil sie ja kein Geld haben – es gibt viele Gründe. Das Tor zu diesem Geldparadies ist ihrer Meinung nach der Fluß. Sie ziehen dorthin und roden ein Stück Wald. Es geht ganz einfach. Man braucht es ja nur anzuzünden. Die Asche düngt den Boden, und wenn keine große Überschwemmung kommt und der Fluß ihre Felder verschont, erhalten sie im ersten Jahr auch eine gute Ernte. Sie bauen Mais, Maniok und Tabak. Doch im zweiten Jahr ist der Aschendünger verbraucht. Die Ernte ist mäßig, und im dritten Jahr wächst fast nichts mehr, wenn sie nicht chemisch düngen. Aber woher sollen sie das Geld nehmen, um den teuren Dünger zu kaufen. Also verlassen sie das Land wieder und ziehen mit Kind und Kegel in die nächste Stadt, weil sie hoffen, dort Arbeit zu finden."
„Und warum gehen sie nicht in den Wald zurück?" fragte Sheba.
„Auch dafür gibt es mehrere Gründe", sagte der Händler.
„Unter dem Einfluß einiger Missionare haben viele von ihnen den christlichen Glauben angenommen und mit ihm gelernt, sich ihrer Nacktheit zu schämen. Sie tragen die Kleider, die auch die Weißen tragen. Die Folge ist, daß ihre im Dschungel gebliebenen Familienangehörigen sie nicht mehr aufnehmen. Ein anderer Grund ist der Dünkel. Sie fühlen sich besser als die im Wald lebenden Indianer. Eine Rückkehr dorthin wäre gleichbedeutend mit einem Herabsinken auf eine tiefere gesellschaftliche Stufe. Nein, ihr Ziel kann nur die Stadt sein."

Sheba dachte an Bethlehem. Die Leute, die dort hausten, waren also früher einmal Waldindianer, dann Flußindianer gewesen. Das, was sie dort gesehen hatte, war die Endstation. Stadtindianer.
„Aber von was lebt dann der Wald, wenn der Boden so schlecht ist?" fragte Jonny.
„Von sich selbst", antwortete Pablo. „Von herabfallenden, vermodernden Blättern, von sterbenden Bäumen, deren verfaulende Stämme den Wurzeln neue Nahrung bieten."
„Haben Sie noch einen Wunsch?" fragte der Händler. Pablo sah auf die Liste. „Nein", sagte er.
„Ich gebe Ihnen zwei Männer mit, die Ihnen helfen."
Die Männer luden die Kästen und Säcke auf einen Karren und brachten alles zum Boot.
„Morgen", sagte Pablo zu Sheba, ohne daß sie ihn etwas gefragt hätte. „Morgen früh", und Sheba wußte, was er damit sagen wollte.
Als die Sonne unterging, setzte sie sich an einen kleinen Tisch auf der Terrasse ihres Hotels und bestellte sich einen Tee. Ihr Vater und Jonny hatten noch am Boot zu tun. Sie besprachen mit Juan noch einige Probleme. Juan und Mayaku wollten im Boot schlafen und auf die Sachen aufpassen.
„Black or Coca?" fragte der Kellner.
„Coca Tea, please!" Sie freute sich auf das erfrischende helle Getränk, das eigentlich nach nichts schmeckte und in dem immer einige Blätter des Cocastrauches schwammen. Um diese Zeit waren die meisten Tische von Touristen besetzt, dicke Amerikaner, die hierher zum Fluß kamen, weil man hier und noch ein kleines Stück weiter im Urwald gewesen sein muß, und weil man seinen Freunden zu Hause möglichst viel erzählen wollte. Es würde sich gut machen, mit einem Cocktailglas in der Hand von wilden Kaimanen zu berichten, von riesigen Anacondaschlangen, Affen, Kolibris, Papageien und Orchideen. Sie wollten Fotos von sich herzeigen, auf denen sie mit einer Gruppe Kopfjäger abgebildet waren und Federkronen und Blasrohre als Souvenir mit heimbringen. Während sie ihre eisgekühlten Drinks schlürften, spielten einige Männer auf einer Marimba. Sheba liebte Marimbamusik. Sie war ein bißchen schwermütig und doch wieder heiter, so wie die Menschen hier.

Heute ist schon der 56. Tag, schrieb sie in ihr Heft. *Vor fünf Tagen habe ich angefangen, Dir zu schreiben und alles zu erzählen, was ich so empfinde. Es kommt mir viel länger vor, weil wir so viel gesehen und erlebt haben. Ab morgen geht unsere Reise auf dem Fluß weiter. Pablo, Jonny und ich, Juan Mendoza und Mayaku. Wir fünf wollen Mayakus Volk im Urwald suchen. Was werden wir noch alles erleben? Ich freue mich auf die Wildnis. Zu Hause über meinem Bett hängt die Reproduktion eines Bildes von einem Maler namens Rousseau. Es stellt einen Urwald dar, und mittendrin steht eine unheimliche, dunkle Gestalt. Sie spielt Flöte, und um ihren Hals windet sich eine Schlange. Ich glaube, daß diese Gestalt in Wirklichkeit der Mondjäger ist. Er ist der Mann aus meinem Traum, der mit dem Umhang aus Federn am Ende der großen Treppe. Hoffentlich lachst Du mich nicht aus, aber ich glaube, daß Mayaku etwas mit dem Mondjäger zu tun hat. Was, weiß ich nicht, aber vielleicht werden wir es erfahren, wenn wir länger mit ihm zusammen sind.*

Sheba legte den Stift zur Seite und hörte der Marimba zu. An dem xylophonähnlichen Instrument spielten sieben Männer. Sie bewegten sich rhythmisch hin und her und schlugen mit kleinen Hämmerchen auf verschieden große, trapezförmige Metallscheiben über röhrenartigen Klangkörpern. Auf dem Markt im Hochland hatte Sheba eine Marimba gesehen, die aus schmalen Brettchen über Flaschenkürbissen bestanden hatte.

Als das Stück zu Ende war, klappten die Männer den Deckel zu. Sie hatten die Stunden, für die das Hotel sie engagierte, heruntergespielt, und es war ihnen gleich, ob die Touristen noch mehr hören wollten oder nicht. Sie gingen heim. Auch Sheba stand auf. Als der Kellner ihr die Rechnung für den Cocatee vorlegte, unterschrieb sie und ging. Pablo würde alles bezahlen. Sie fühlte sich leicht und glücklich.

8. Kapitel

Sheba schlief tief und traumlos. Als der Vater sie weckte, stand sie gleich auf und zog sich an. Sie packte. Das, was sie in der Wildnis nicht gebrauchen konnte, kam in einen Koffer. Er würde mit Pablos und Jonnys Koffern im Hotel bleiben, bis sie ihn auf ihrer Rückkehr wieder abholten. Alles andere stopfte sie in einen Seesack. Plötzlich hielt sie den kleinen hölzernen Jaguar in der Hand. Die lauernde Haltung des steifen Körpers, die schwarzen Punkte auf dem orangeroten Fell, die ganze Art, in der er geschnitzt war, waren ihr unheimlich.

„Sheba." Ihr Vater stand in der Tür. „Bist du fertig?"

Sie packte die Holzfigur schnell in den Sack, legte den gummierten Anorak über ihn und schnürte zu.

„Ja", rief sie, „ich komme."

Sie frühstückten rasch.

„So ein Hotel hat auch recht angenehme Seiten", sagte Jonny, der sich zum zweiten Mal seinen Teller mit Cornflakes und Milch gefüllt hatte. „Wir werden es vermissen."

„Das glaube ich auch." Pablo legte für den Kellner einen Geldschein unter die Tasse. „Aber heute nacht werden wir noch einmal in Betten schlafen können. Ein Stück flußabwärts gibt es eine Lodge. Juan hat vorgeschlagen, daß wir dort Station machen, bevor wir in weniger besiedelte Gebiete vordringen."

„Wie die Touristen!" Jonny machte eine wegwerfende Handbewegung, eine Gebärde des Ekels.

„Vergiß nicht – wir sind auch welche!" sagte Pablo.

„Nein", widersprach ihm Jonny. „Du bist Wissenschaftler, und ich habe einen Auftrag zu erfüllen, gehe also meiner Arbeit nach."

„Wo ist da ein Unterschied für die Leute hier?" Pablo sah ihn an und schüttelte den Kopf. Jonny schwieg. Wo war nun wirklich der Unterschied. Daß sie sich nicht mit einem Tagesausflug in den Urwald begnügten, sondern weiter in ihn eindringen wollten, machte die Sache nur schlimmer.

„Es wird Zeit", sagte er schnell. „Gehen wir?"
Sie fuhren mit einem Taxi zur Anlegestelle, wo Juan und Mayaku schon auf sie warteten. Als Sheba ihren Seesack selbst zum Boot tragen wollte, nahm Juan ihn ihr ab. Mayaku saß im Heck und rührte sich nicht.
„Buenos dias, Mayaku."
Aber er grüßte nicht zurück, tat, als ob er Sheba noch nie vorher gesehen habe, und beobachtete mit verächtlichen Blicken den Mestizen, der eifrig das Gepäck in der Mitte des Bootes aufstapelte, sorgfältig darauf achtend, daß das Gewicht möglichst gleichmäßig verteilt wurde.
Dann, als alles verstaut war, ließ er den Motor an. Ein Mann zog das Brett ein, das das Boot mit dem Ufer verband, löste die Seile und warf sie hinüber. Juan stieß es mit einer Stange ab, bis es in tieferes Wasser kam. Langsam gewannen sie Fahrt und trieben der Mitte des Flusses zu. Sheba sah auf die immer kleiner werdenden Bretterbuden am Ufer zurück. Bei einigen war das Dach eingestürzt. Die Fenster hatten keine Scheiben. An vielen Stellen fehlten die Bretter der Außenwände. Sheba konnte in sie hineinsehen, in leere Zimmer und heruntergebrochene Stockwerke. Weiter hinten standen die Häuser auf Pfählen im Wasser. Eines von ihnen war blau gestrichen.
In der Mitte des Flusses war die Strömung stark und reißend. Das kleine Boot schoß dahin. In seinem Kielwasser zerrte es das Kanu mit sich. Sheba genoß den Fahrtwind. Sie kletterte die Stufen neben dem Steuer hoch und setzte sich auf die Bretter im Bug. In dem lehmbraunen Wasser trieb Holz und Abfall.
„Ist das Hochwasser?" schrie Sheba Juan ins Ohr. Der Lärm des Diesel machte eine Unterhaltung mühsam.
„No, no, Señorita." Juans Goldzahn blinkte in der Sonne. „Bei Hochwasser geht es hier anders zu."
Er hielt das Boot in der Nähe des rechten Ufers. Nachdem sie die Stadt hinter sich gelassen hatten, wuchsen auf steilen Lehmböschungen zuerst niedere Büsche, dann Palmen. Dazwischen standen die Hütten der Siedler. Indianerinnen spülten ihre Wäsche im Wasser, knieten auf einem Brett oder einer Sandbank und schwenkten bunte Tücher hin und her, auf und ab. Einige von ihnen blickten hoch, als das Boot vorbeikam. Nackte braune Kinder planschten neben ihnen. Einmal überholte sie ein

anderes Schiff. Es brachte eine Touristengruppe flußabwärts. Ein Mädchen winkte Sheba zu, sie winkte zurück.
Der Himmel war diesig, am Horizont türmten sich Wolkenberge. „Hast du Durst?" Pablo reichte ihr eine Flasche nach vorne, aber Sheba wollte jetzt nichts trinken.
„Wie lange brauchen wir zur Lodge?" fragte sie.
„Zwei bis drei Stunden ungefähr."
Das Dickicht auf ihrer Uferseite wurde dichter und die Abstände zwischen den Siedlungen am Rand immer größer. Nur noch selten sah Sheba Wäsche waschende Frauen. Gegen Mittag steuerte der Mestize das Boot ans Ufer, um dann plötzlich in einen Nebenfluß einzubiegen. Alles war ruhiger hier, die Strömung schwach und auf der Wasseroberfläche kaum bemerkbar. Juan drosselte den Motor und achtete auf Untiefen. Sorgfältig hielt er das Boot in der Mitte des Flusses. Die Büsche rechts und links hingen tief herunter, und umgestürzte Stämme, Äste, Blättergewirr und Lianen säumten die Ufer. Zwei mit Indianern besetzte Kanus kamen ihnen entgegen. Eines von ihnen hatte einen Außenbordmotor. Neugierig äugten die Männer zu ihnen herüber. Einer winkte und rief Juan etwas zu. Juan lachte.
„Was will er?" wollte Jonny wissen. Doch der Mestize sagte es ihm nicht.
Während der ganzen Fahrt hockte Mayaku am Bootsrand und starrte flußabwärts. „Was geht nur in ihm vor", überlegte Sheba, „ob er an sein Volk denkt, an die Heimkehr, die Aufnahme dort, den hölzernen Jaguar?"
Doch sie unterließ es, ihn danach zu fragen, weil sie wußte, daß sie keine Antwort erhalten würde.
Am linken Ufer tauchte eine Rodung auf. Juan steuerte einen breiten Landungssteg an, neben dem schon ein anderes Boot lag.
„Wir sind da", rief Pablo.
Ein Mann fing das Seil auf, das Sheba ihm zuwarf. Er zog das kleine Schiff heran. Der Motor verstummte. Pablo, Jonny und Sheba stiegen aus. Juan und Mayaku wollten bei dem Gepäck bleiben. Die Lodge lag hinter einer Bodenerhebung. Sie bestand aus drei großen, auf Pfählen stehenden Hütten, die untereinander durch Laufstege verbunden waren.

„Was machen die Touristen hier?“ fragte Jonny.
„Sie besuchen Indianergruppen, die in der Nähe hausen. Pablo hatte kurz vorher Juan die gleiche Frage gestellt, und Juan hatte ihm hämisch lachend erzählt, daß der Verwalter der Lodge immer darum besorgt war, eine oder mehrere Gruppen hier zu halten, damit er seinen Gästen jederzeit echte Touristenindianer vorführen könnte.
„Kann man da mitgehen?“ fragte Sheba.
„Natürlich.“
Sie stiegen die Treppe zu einer Terrasse hoch. Große Bananenstauden reichten mit ihren Blättern über das Geländer, und auf einer Stange hockten drei rote Papageien. Die Türe in den Speiseraum bestand nur aus einem mit feinmaschigem Mückendraht bespannten Rahmen. Ein Mann in einer weißen Jacke begrüßte sie. Juan hatte sie angemeldet. Er wies ihnen ihre Zimmer zu.
„Wie läuft das Geschäft?“ erkundigte sich Pablo.
„Muy bien“, sagte der Mann.
„Kann man mitgehen, wenn man die Kopfjäger sehen will?“
„Si, si, desde luego.“
Sie mußten sich beeilen. Die Gruppe war schon unterwegs. Sheba zog Gummistiefel an und krempelte ihre Hosen hoch. Sie folgten einem kleinen Boy, der sie einen schmalen, ausgetretenen Pfad entlangführte. Dort, wo der Weg Sumpfstellen hatte, war er notdürftig durch querliegende Äste befestigt. Baumstämme lagen im Wasser. An einigen von ihnen führten Geländer entlang. Es war Nachmittag. Unter dem dämmrigen Blätterdach brütete die Hitze. Sie überquerten in einem Kanu einen kleinen Fluß. Auf der anderen Seite standen ein paar Hütten.
Die Indianer hatten sich mit roter Farbe bemalt. Sie hatten Federkronen aufgesetzt und zeigten gerade den Touristen, wie treffsicher sie mit ihren langen Blasrohren waren.
Einer malte den Damen rote Klekse ins Gesicht. Die Frauen verkauften bunte Ketten. An einer war ein Vogelschädel, an einer anderen ein kleiner Krokodilsbalg befestigt.
Unter der Hütte spielten zwei Kinder mit einem halbverhungerten Hund und drei kleinen Papageienküken im Dreck.

„Wie schrecklich", flüsterte Sheba.
„Wollen Sie sehen, wie gut sie schießen?" fragte der Boy, der sie hierher begleitet hatte, und als er keine Antwort bekam, winkte er einen halbwüchsigen Jungen heran und gab ihm einen Befehl. Der Junge holte sein Blasrohr und machte ihnen ein Zeichen, ihm zu folgen. Sie folgten ihm gern.
Jede Möglichkeit, dem Betrieb zu entfliehen, war ihnen recht. „Er wird Ihnen einen Kolibri schießen", rief der Boy ihnen noch nach. „Er kann das."
Der Junge führte sie die Böschung hinunter bis ans Wasser. Er sah sie an und legte die Hand auf die Lippen. Ringsum war es ruhig. Nur von fern hörten sie noch das Kichern der Frauen, die sich mit einem echten Kopfjäger fotografieren ließen. Im Bambusschilf quakten ein paar Frösche. Ein leiser zwitschernder Laut kam von den Lippen des Jungen. Scharf beobachtete er die Sträucher in seiner Nähe. Von irgendwoher antwortete es. Einige kleine Punkte wiegten sich auf den Bambushalmen. Da hob der Junge das lange Rohr an die Lippen. Ein kurzer kräftiger Atemstoß trieb den dünnen Pfeil aus dem Rohr. Er war schnell und unsichtbar. Irgendwo platschte Wasser auf. Der Junge sprang vorwärts, bückte sich und langte ins Schilf. Stolz lächelnd überreichte er Sheba einen kleinen toten Vogel. Die Nässe seines Gefieders ließ ihn noch kleiner erscheinen, als er schon war. Traurig hing das metalliggrün befiederte Köpfchen mit dem langen Schnabel zur Seite. Der Pfeil hatte seine Kehle durchbohrt.
„Nein", schrie Sheba entsetzt. „Das soll er nicht tun!"
Aber es war nicht mehr rückgängig zu machen. Sie ließ den kleinen toten Körper fallen.
„Juan sagt, sie essen die Vögel hier", versuchte Pablo sie zu trösten. „Obwohl ich nicht verstehe, was an ihnen dran sein soll, außer Knochen und Federn."
Lachend hob der Indianer sein Opfer auf und steckte es in den Gürtel, zusammen mit dem Geldstück, das Pablo ihm reichte, bedeutete es doch doppeltes Jagdglück für ihn. Als sie zu den Hütten zurückkamen, beendete der Führer gerade einen Vortrag über Curare, das Gift, mit dem die Pfeilspitzen präpariert werden, um größere Tiere zu lähmen.

Aber sowohl Sheba als auch Pablo und Jonny hatten genug gesehen.
„Wie schrecklich, daß wir sie dazu gebracht haben, sich so zu prostituieren", sagte Pablo.
Schweigend kehrten sie zur Lodge zurück.
Juan hatte die Säcke mit ihren persönlichen Sachen auf ihre Zimmer bringen lassen.
Es wurde rasch dunkel. Ein Kellner brachte ihnen Petroleumlampen. Noch gab es im Urwald kein elektrisches Licht.
Sheba wollte sich die Gummistiefel ausziehen, und Pablo mußte mit Jonny noch einiges besprechen.
Jonny nahm den belichteten Film aus der Kamera, um ihn bei seinen Sachen zu verstauen.
„Jemand hat mein Gepäck durchwühlt!" rief Pablo plötzlich.
„Reg dich nicht auf, das wirst du selbst gewesen sein", sagte Jonny.
„Nein, nein. Der Beutel mit dem Waschzeug ist leer. Sein Inhalt liegt zwischen der Wäsche." Sorgfältig nahm Pablo alles heraus und legte es auf die Seite. Aber es fehlte nichts. „Was kann er nur gesucht haben?"
Im Nebenzimmer hörte Sheba das Gespräch durch die dünne Wand. Sie hockte mit angezogenen Knien auf ihrem Bett.
Vor ihr lag das Heft:
57. Tag, hatte sie gerade geschrieben, als Pablo hereinkam.
„Zeig mir den Jaguar!" verlangte er. Sheba stand auf und holte ihn. Pablo nahm die Holzfigur in die Hand und drehte sie hin und her. „Willst du ihn nicht lieber mir geben?"
Aber sie schüttelte energisch den Kopf.
„Von jetzt an dürfen wir unser Gepäck nicht mehr ohne Aufsicht lassen", sagte er. „Wir dürfen Mayaku keine Chance mehr geben, an den Jaguar zu kommen."
Nach dem Abendessen sprach das Mädchen, das ihr auf dem Fluß zugewinkt hatte, Sheba an. Sie war Engländerin.
Ihre Eltern hatten ihr zum Schulabschluß diese Reise geschenkt. Als sie hörte, daß Sheba und ihre Begleiter weiter in die Wildnis vordringen wollten, war sie voller Bewunderung.
„Ich glaube nicht, daß mein Vater mich bei einer solchen Unternehmung mitnehmen würde", sagte sie.

„Mein Vater tut es." Sheba kam zum erstenmal der Gedanke, daß das etwas Besonderes war.
Sie zog sich bald zurück. Während sich das Zirpen der Zikaden mit dem Gelächter der Gäste aus dem Speisesaal mischte, schrieb sie:
Sei froh, daß Du heute nicht dabei warst. Pablo hat mir versprochen, daß wir ab morgen keine Weißen mehr sehen. Morgen verlassen wir das Touristengebiet und mit ihm auch die Touristenindianer. Ich schäme mich, ein Gringo zu sein.

9. *Kapitel*

In der Nacht hatte es geregnet. Auf den vor Nässe glänzenden Blättern der Bananenstauden krabbelten bunte Käfer. Einer der roten Papageien hangelte sich das Geländer herunter und lief watschelnd über die Terrasse vor dem Speisesaal.
„Genießt das Frühstück!" sagte Jonny kauend. „Es wird das letzte zivilisierte für lange Zeit."
Pablo hatte die Landkarte vor sich ausgebreitet. Er hatte Tassen und Teller beiseite geschoben und fuhr mit dem Finger die breite, zerfledderte Linie entlang, die den Weg des Hauptstromes anzeigte. Sein Finger deutete auf den Punkt, den er mit einem Kreuz bezeichnet hatte. „Juan sagt, hier wohnt ein Fischer, seine Hütte ist leicht zu finden. Von da an sind wir auf Mayakus Angaben angewiesen."
„Dann müssen wir ja wieder ein Stück zurück." Jonny biß in eine Papayaschnitte. Der Saft rann ihm aus den Mundwinkeln. „Schließlich kann ein Kanu ja nicht flußaufwärts treiben. Es sei denn, er hätte gezaubert."
Doch niemand lachte über seinen Witz.
Sheba war aufgestanden. Sie hatte sich hinter ihren Vater gestellt und sah ihm über die Schulter.
„Das macht nichts", sagte Pablo. „Es kann nur ein kurzes Stück sein. Wir fahren flußabwärts bis zu dieser Stelle und dann wieder so lange zurück, bis Mayaku uns sagt, in welchen der Nebenflüsse wir einbiegen müssen."
„Was meinst du?" fragte Sheba. Sie erinnerte sich an das Gespräch im Frühstückszimmer des Hotels vor einigen Tagen. „Ich vermute, wir müssen nach Norden." Pablo strich mit der Hand über die grüne Fläche. „Im Norden steigt das Gelände allmählich an. Dort gibt es Felsen."
„Und Stromschnellen", warf Jonny dazwischen.
„Hinter den Stromschnellen ist das Land weitgehend unerforscht. Da steigt die Wahrscheinlichkeit, daß wir sie finden."
„Und die Missionare?"

„Es soll keine Missionen dort geben. Ich habe mich erkundigt."
Sheba betrachtete die Landkarte. In diesem mehrere hunderttausend Quadratkilometer großen Gebiet wollten sie ein Volk finden, das noch niemand vor ihnen gesehen haben sollte. Das ist unmöglich, dachte sie.
„Kann man ihm trauen?" fragte sie laut.
„Wem?"
„Mayaku."
„Das ist ein Risiko. Aber ohne Risiko sind noch nie Entdeckungen gemacht worden."
Juan kam herein und wollte die Sachen holen. Es war Zeit, sie mußten aufbrechen, wenn sie bis zum Abend den Punkt erreichen wollten, an dem die Fischer das Kanu vom Fluß geholt hatten. Die Touristengruppe saß noch beim Frühstück. Es gab Getuschel, als die vier den Speisesaal verließen. Schüchtern lächelte die kleine Engländerin Sheba zu. Aber Sheba ging an ihr vorbei, ohne es zu bemerken.
Sie fuhren zum Hauptstrom zurück. Juan hockte am Steuerrad. Ab und zu übergab er es Sheba, damit er über die großen Kisten, die Säcke und Ölfässer nach hinten klettern und nach dem Diesel sehen konnte. Dann öffnete er den Deckel des Motorkastens, prüfte den Ölstand oder schraubte irgendwo herum und horchte auf den Rhythmus der Maschine. Sheba war jedesmal sehr stolz auf die ihr übertragene Verantwortung. Sie beobachtete aufmerksam die Wasseroberfläche, damit sie rechtzeitig einem treibenden Baumstamm ausweichen könnte. Manchmal sah sie zu Pablo hinüber, in der Hoffnung, er würde bemerken, daß Juan ihr das Wohl des Bootes anvertraut hatte. Sie hoffte, er würde stolz auf sie sein und sich selbst dazu beglückwünschen, seine Tochter mitgenommen zu haben. Aber Pablo hockte mit Jonny auf der Bank im Heck. Sie gestikulierten heftig. Mayaku schlief zwischen den Säcken.
Juan warf den Lappen weg, mit dem er sich die Hände abgewischt hatte. Er kam nach vorn, und Sheba überließ ihm den Platz hinter dem Steuerrad wieder.
„Gracias. Das war sehr gut."
Der Strom war hier so breit, daß Sheba die Bäume auf der anderen Seite nur als dunkles, nach oben ausfransendes Band erkennen konnte.
„Ahi, ahi!" Juan deutete aufgeregt auf eine Stelle links vor dem Boot.

„Que es esto?“ rief Pablo. „Ein Kaiman?“
„No, no, un bufeo colorado.“
Jonny und Pablo stiegen breitbeinig über den schlafenden Mayaku und kamen nach vorn.
„Was ist ein bufeo colorado?“
„Ein Süßwasser-Delphin.“
„Böser Geist! Nicht gut für uns.“ Juan verzog seine Miene, als habe er etwas Gallenbitteres geschluckt.
„Ach, was“, sagte Jonny spöttisch. „Das ist doch abergläubisches Geschwätz.“
Sheba sah, daß er Juan verletzt hatte.
„Es verdad“, brummte er wütend.
„Zeig mir den bufeo!“ verlangte Pablo. Er suchte mit dem Fernglas die Wasseroberfläche ab, doch in dem Gewirbel der Strömung waren keine Anzeichen für das Vorhandensein eines großen Fisches zu erkennen.
„Schade“, sagte er, steckte das Glas ein und ging auf seinen Platz zurück. Jonny folgte ihm. Sheba bedauerte, daß der Mestize gekränkt worden war. Juan war nett zu ihr. Er gab sich große Mühe, ihr Spanisch zu verbessern, und Sheba machte es Spaß, sich mit ihm zu unterhalten.
„Woher weißt du, daß der bufeo ein Geist ist?“ fragte sie ihn neugierig. Sie beobachtete die Stelle, auf die er gezeigt hatte, und versuchte, sie sich zu merken, obwohl das Boot weiterfuhr, immer noch hoffend, wenigstens eine Flosse des großen Fisches zu entdecken.
„Es ist einer“, sagte Juan. „Das weiß jeder, der am Fluß wohnt. Ein böser Dämon ist er, ein Diablo. Samstag abends kommt er ans Ufer. Dort verwandelt er sich in einen gut angezogenen Gringo, mit einem Cape um die Schultern und einem Zylinderhut auf dem Kopf. Den Hut braucht er, um sein Luftloch zu verdecken. Er spricht alle Walddialekte.“
Während Juan erzählte, flatterten zwei Papageien krächzend über das kleine Schiff. Die Sonne verschwand kurz hinter den Wolken, und ein leichter Wind bewegte die Palmen am Ufer. „Er weiß genau, in welcher Hütte ein Fest gefeiert wird, mischt sich unter die Leute, tanzt und flirtet mit den unverheirateten Mädchen. In kurzer Zeit hat er eine von ihnen so weit, daß sie mit ihm geht, und dann macht er ihr ein Kind. Aber Schlag Mitternacht muß er wieder im Wasser sein. Eine Woche vor der

Niederkunft kommt er und holt sich das schwangere Mädchen. Ihre Familie kann dann so lange suchen wie sie will. Es wird nie mehr gefunden."

„Das ist kein Wunder", unterbrach ihn Jonny, der sich wieder zu ihnen gesetzt hatte. „Es wird ihr beim Wäsche waschen übel geworden sein. Dann ist sie ins Wasser gestürzt und ertrunken. Die Strömung schwemmt ihre Leiche flußabwärts, und den Rest besorgen die Piranhas."

„Nein." Sheba schüttelte sich vor Entsetzen. „Hast du selbst ihn schon einmal gesehen?" fragte sie Juan.

„Nicht ganz, aber beinahe." Der Motor lief unregelmäßig, und der Mestize mußte aufstehen, um nachzusehen. Mayaku war aufgewacht. Er hockte am Bootsrand und starrte gelangweilt ins Wasser. Das gegenüberliegende Ufer war im Mittagsdunst kaum mehr zu erkennen. Juan füllte Dieselöl nach und kam zurück.

„Ist okay", sagte er. „Er hatte bloß Durst."

Sheba lachte.

„Erzähl mir, wie es war, als du ihm beinahe begegnet bist!" bat sie.

„Wem?"

„Dem bufeo colorado."

„Ach so." Juan wich geschickt einem Baumstamm aus, der kurz vor ihnen aufgetaucht war. „Das ist schon ein paar Jahre her. Damals war ich mit dem Boot flußaufwärts unterwegs. Ich hatte auf einer der Touristen-Lodges Lebensmittel abzuliefern. Pedro war bei mir. Er ist Kellner dort, und sein Urlaub war zu Ende. Vor unserer Abfahrt hatte er mir erzählt, daß die Rosa ein Kind bekommen habe. Die Rosa ist die Tochter von Ramon, dessen Hütte nahe am Ufer steht. Das Kind wäre von einem Gringo, sagten die Leute, einem Gringo, auf den die Beschreibung des bufeo colorado paßte. Er war Ramon und seiner Frau gleich verdächtig vorgekommen, und sie hatten ihrer Tochter Rosa verboten, die Wäsche am Fluß zu waschen, als sie bemerkten, daß sie schwanger war. Jetzt hatte sie das Kind bekommen, bevor sie der bufeo ins Wasser ziehen konnte."

Juan machte eine Pause und zündete sich eine Zigarette an. „Und was passierte dann?" drängte ihn Sheba.

„Als wir mit dem Boot in die Nähe von Ramons Haus kamen, bemerkte ich schon von weitem, daß das Wasser davor zu kochen schien. Und als wir noch näher kamen, sahen wir Hunderte von Delphinen oder sogar noch mehr. Sie sprangen hoch, als wollten sie einen Blick über die Böschung auf das Haus werfen, in dem Rosa und das Kind lagen, rührten mit ihren Schwanzflossen das Wasser auf und hielten sich trotz der starken Strömung immer auf derselben Stelle. Jeder von ihnen war sicher eineinhalb Meter lang. Sie reckten ihre Schnäbel aus dem Wasser, als wollten sie die Zähne fletschen. Es war ein schlimmer Anblick."

„Und was habt ihr dann gemacht?" fragte Jonny grinsend mit einem ironischen Unterton in der Stimme.

Doch Juan ließ sich nicht so schnell aus der Fassung bringen.

„Ramon und einige seiner Nachbarn beobachteten das Schauspiel von der Böschung aus, aber wir fuhren weiter. Wir wollten möglichst rasch weg von den verfluchten Dämonen. So schnell und so weit wie möglich."

Juan warf den noch glimmenden Zigarettenstummel ins Wasser. „Und wie ging es weiter?" fragte Sheba.

„Das erfuhr ich später bei meiner Rückkehr in die Stadt", fuhr der Mestize fort. „Der bufeo colorado und seine Freunde gaben keine Ruhe. Die Leute bekamen Angst und bedrängten Rosas Mutter so lange, bis sie Rosa das Kind wegnahm und in den Fluß warf."

Juan wendete sich ab. Er hatte genug geredet.

Die Sonne stand hoch, und Sheba suchte sich einen Platz weiter hinten. In der Nähe des Motors war es nicht nur laut, sondern auch unerträglich heiß. Sie stieg über Mayakus Beine und legte sich auf einige Planen. Eine Weile sah sie den Schwalben zu, die dicht über dem Wasser flogen und Insekten jagten. Dann fiel ihr etwas ein. Sie kramte ihr Heft aus ihrem Sack.

Heute ist der 58. Tag, schrieb sie. *Wir fahren den Fluß hinunter, und Juan erzählt mir Geschichten. Sie handeln von Flußdämonen. Es hätte Dich sicher auch interessiert, zuzuhören. Ich verstehe sein Spanisch schon ganz gut. Während er redete, sah ich immer nur auf die Strömung. So lange, bis mir schwindlig davon wurde. Die Welt unter dem Boot ist mir unheimlich. Es ist wie eine Welt unter der Welt, die sich hinter einem Vorhang aus Wasser, Sand und Lehm verbirgt. Niemand vermag in den Fluß hineinzusehen. Er läßt sich nicht durchschauen. Ich kann die Indianer gut verstehen, die ihn für die Heimat böser Flußgeister halten.*

10. Kapitel

Sheba wachte auf. Sie hörte eine Weile dem Gluckern der Strömung an der Bootswand zu, dann kam ihr zu Bewußtsein, daß der Motor schwieg.
„Wollen Sie, daß ich direkt bei der Hütte anlege, Señor?" fragte Juan.
Sheba hielt die Augen geschlossen. Der Geruch von Dieselöl mischte sich mit dem Geruch des Flusses. Es war fast windstill. Nur ein leiser Lufthauch brachte etwas Kühlung. „Was meinst du?" hörte sie ihren Vater fragen.
„Direkt bei der Hütte ist gut", sagte Jonny.
Juan ließ das Boot von der Strömung in die Nähe des Ufers treiben.
„Mayaku!" rief er.
Sheba richtete sich auf und sah sich um. Es dämmerte. Die Wolken im Westen hatten rote Ränder. Langsam senkte sich die Dunkelheit über den Fluß. Mayaku sprang ins Wasser und zerrte das kleine Schiff näher ans Ufer. Dann fing er das Seil auf, das der Mestize ihm zuwarf, und schlang es um einen offensichtlich für diesen Zweck eingerammten Pfosten, an dem schon ein einfaches Kanu festgemacht war.
Ein Mann kam ihnen entgegen. Zwei Hunde begleiteten ihn. „Buenas noches", sagte er freundlich. Die Hunde hielten sich dicht hinter ihm. Als der Mann näher ans Boot trat, blieben sie stehen. Es waren magere, knochige Hunde. Ihr Fell war gelb wie die Farbe des Wassers, und ihre hellen Augen blickten die Fremden mißtrauisch an. Einer von ihnen fletschte die Zähne und knurrte leise.
„Basta!" sagte der Mann hart. Der Hund hörte auf zu knurren.
„Dürften wir für eine Nacht unser Lager bei Ihrer Hütte aufschlagen?" fragte Pablo.
„Si, ciertamente", erwiderte der Mann. Er mußte schon über siebzig Jahre alt sein. Sein faltiges, bartloses Gesicht mit den tiefliegenden, kleinen Augen über dem schmalen verkniffenen Mund deutete auf einen Halbblutindianer hin. Auf den schlohweißen Haarsträhnen saß ein Strohhut, dessen Rand wie von Mäusen zerfressen schien.
„Paß auf dein Zeug auf!" sagte Pablo, und Sheba wußte sofort, was er

damit meinte. Sie hob sich den Sack mit ihren persönlichen Sachen auf die Schulter und folgte den anderen die Böschung hoch.

Nur Mayaku blieb zurück.

„Es wäre doch ganz einfach für ihn, das Boot zu nehmen und allein weiterzufahren", sagte Jonny. Doch Pablo schüttelte den Kopf. „Nicht, solange wir die Holzfigur haben. Ohne sie wird er nicht gehen."

An einigen Stellen war die Böschung glitschig, und Sheba mußte sich mit einer Hand abstützen, um nicht aus dem Gleichgewicht zu kommen. Hinter ihr keuchte Jonny unter der Last seines Kamerakoffers.

„Mußt du den überall mitschleppen?" rief Pablo über die Schulter zurück. „Der hätte doch ebensogut auch im Boot bleiben können."

Doch Jonny schwieg eigensinnig. Sie bauten das Zelt dicht neben der Hütte auf. Der Alte lud sie zum Essen ein, und Juan ging noch einmal zum Boot zurück, weil er das Bier vergessen hatte.

Es gab gegrillten Panzerkopfwels und zum Nachtisch Bananen. „Ihr habt den fremden Jungen dabei", sagte der Mann und wischte sich mit dem Handrücken über den Mund. Sie hockten vor der Hütte an einem einfachen Tisch. Um sie herum war es dunkel.

„Kennen Sie ihn?" fragte Pablo.

„Ich habe ihn gefunden – damals auf dem Fluß. Später kamen noch zwei andere dazu. Sie nahmen ihn mit in die Stadt."

Pablo horchte auf. „Wie war das? Schlief er wirklich?"

„Vielleicht – vermutlich war er voll Rauch."

„Voll Rauch?" Jonny sah den Alten fragend an.

„Irgendein Rauschmittel", erklärte ihm Juan. „Sie blasen es sich gegenseitig in den Mund."

Die Zikaden hatten bei Sonnenuntergang mit ihrem Abendkonzert begonnen, und am Fluß unten quakten die Frösche. Sheba wedelte mit der Hand vor ihrem Gesicht auf und ab, um die Moskitos zu vertreiben. Es war immer noch sehr heiß.

„Er lag im Boot, so wie man einen Toten aufbewahrt. Um ihn herum waren lauter verwelkte Blumen, und in der Hand hielt er ein kleines Spielzeugtier."

„Etwa einen Jaguar?" fragten Pablo und Sheba gleichzeitig.

„Ja, so etwas Ähnliches sollte es wohl darstellen", erzählte der Alte.

„Einer der anderen Fischer nahm es ihm ab, bevor er aufwachte. Er wollte es seinen Kindern mit heimbringen. Aber später hat er sich anders besonnen."

„Anders besonnen, warum?"

„Der Junge schien ganz verzweifelt, als er entdeckte, daß die Figur verschwunden war. Er suchte überall und konnte uns nicht erklären, was er suchte und warum, weil er unsere Sprache nicht verstand. Ich wußte gleich, daß es nur sein Spielzeug gewesen sein konnte. Da kam wohl der andere auf die Idee, daß es von einigem Wert sein könnte, und er sprach von einem Händler, dem er es anbieten wollte."

„Ah", sagte Pablo, „so war das!"

Seine Stimme kam durch die Dunkelheit zu Sheba hinüber, und sie erkannte an ihr, daß sich in seinem Kopf vieles geklärt hatte.

Sie schwiegen eine Zeitlang. Ab und zu nahm einer der Männer eine Bierdose vom Tisch und trank. Sheba hörte, wie sie schluckten. Vom nahen Urwald tönten Schreie herüber.

„Lebst du ganz allein hier?" fragte Juan den Alten. „Ganz ohne Frau?"

„Was soll ich mit einer Frau?" antwortete der Mann. „Ich habe die Hunde, und das, was ich jage oder im Fluß fange, reicht gerade für uns drei. Es gefällt mir so. Ich will hier sterben." Er beugte den sehnigen Oberkörper nach vorn und langte nach einer neuen Dose.

„Du stirbst noch lange nicht", sagte Pablo.

Wieder war es still.

„Was habt ihr vor?" fragte der Mann. „Wo wollt ihr hin? Ihr seid gut ausgerüstet."

„Mayaku soll uns zu seinem Volk bringen."

„Kennt er den Weg?"

„Er sagt ja. Er richtet sich nach den Sternen."

„Wart ihr schon einmal im Wald?"

„Nein."

„Es ist ziemlich gefährlich für Leute, die sich nicht auskennen", brummte der Alte. „Der Wald ist voller Seelen."

Doch Pablo wischte mit einer Handbewegung seine Bedenken vom Tisch. „Wir haben ja Juan dabei und Mayaku."

„Ich wünsche euch viel Glück!"

Der Mond stand hoch, als sie schlafen gingen.
Sheba lag noch lange wach. Sie hörte die Atemzüge der Männer neben sich. Der Schweiß klebte noch auf ihrer Haut. Sie hatte sich nicht waschen können und würde auch in Zukunft nur selten Gelegenheit dazu haben. Daran und an vieles andere mußte sie sich gewöhnen. Einer der Männer brabbelte im Schlaf vor sich hin. Die Zikaden schwiegen, und nur von fern klangen die Urwaldgeräusche noch an Shebas Ohren. Irgendwann mußte sie eingeschlafen sein, denn als sie aufwachte, war es schon hell draußen. Die Männer schliefen noch. Es dauerte eine Weile, bis sie die Öffnung in ihrem Moskitonetz gefunden hatte. Sie schwang die Beine seitlich über den Rand der Hängematte und sprang auf den Boden. Ihr Vater lag zusammengekrümmt unter dem Netz und schnarchte. Sheba fiel auf, daß in Jonnys Matte eine merkwürdige Ausbuchtung war, die nichts mit seinem Körper zu tun hatte. Leise trat sie näher, sah ein schwarzglänzendes Rohr und ein Stück blankpoliertes dunkles Holz. Sie erkannte, daß Jonny mit einem Gewehr im Arm in seiner Hängematte lag. Unter ihm stand der halbgeöffnete Kamerakoffer.
„Pablo!" Sie schüttelte ihren Vater am Arm. „Sieh mal!"
Als Pablo begriff, was Sheba ihm zeigen wollte, war er sofort wach. „Jonny!" Er fuhr ihn wütend an. „Bist du verrückt? Was willst du mit der Waffe?"
„Niemand weiß, ob es hier nicht Schlangen gibt, und die Hunde des Alten waren mir auch nicht geheuer."
„Du läßt das Gewehr hier, oder ich werfe es in den Fluß!" befahl Pablo böse.
„Ich denke nicht daran. Schließlich hat auf einer Expedition in ein unbekanntes Gebiet jeder von uns das Recht, sich selbst zu schützen!"
„Es wurde uns ausdrücklich verboten, als wir die Genehmigung erhielten", sagte Pablo, „und wenn wir Mayakus Volk gleich mit einer Waffe in der Hand gegenübertreten, wird es sich schwer von der Friedlichkeit unseres Besuches überzeugen lassen."
„Wenn Mayakus Volk wirklich noch nie Kontakt mit weißen Männern hatte, weiß es gar nicht, daß das eine Waffe ist."
Und weil Pablo gegen dieses Argument nichts einzuwenden wußte,

schwieg er. Sheba verstand ihren Vater. Es lag ihm viel daran, jeden von seinen guten Absichten zu überzeugen.
Die Hütte des Alten war leer. Auch die Hunde waren nicht zu sehen. Er mußte in aller Frühe aufgebrochen sein. Als sie zum Fluß hinunterkamen, war sein Kanu weg. Mayaku hockte am Ufer auf einem Stein und erwartete sie. Wieder verstaute Juan das Gepäck. Als er fertig war, warf ihm Pablo das Seil zu und schwang sich über den Bootsrand. Das kleine Kanu im Schlepptau hinter sich herziehend, steuerte der Mestize das Boot in die Strömung.
„Jetzt bist du dran!" sagte Jonny zu Mayaku. Der Junge sah Juan an und deutete auf die andere Seite des Flusses. Der Mestize warf das Steuer herum, bis der Bug des Schiffes schräg flußaufwärts gegen die Strömung zeigte, und als die volle Wucht des abwärts fließenden Wassers es packte, vergrößerte sich der Abstand zum Ufer schnell. Der Motor arbeitete auf höchsten Touren.
„Wir treiben ab!" rief Sheba erschrocken. „Er schafft es nicht!"
„Das macht nichts", beruhigte sie ihr Vater. „Juan kennt den Fluß. Wenn wir ihn überqueren, dann geht das nicht ohne Verlust. Sobald wir drüben sind, holen wir uns die Strecke zurück." Das Boot kämpfte verzweifelt. Hinter ihm zerrte das kleine Kanu an seinem Tau, und Juan mußte das Steuer festhalten, denn immer wieder riß es das Heck ihres Schiffes in die Strömung. Dann trieb es nur abwärts, ohne zu kreuzen, und der Mestize mußte es wieder in Position bringen, um weiter zu kommen. Es war heiß. Kleine Vögel schossen auf der Jagd nach Moskitos über das Wasser. Sheba war froh, als sie die andere Seite erreichten. Zum erstenmal sah sie zurück, aber das Ufer und die Hütte des alten Mannes waren zu einem dunklen Streifen verschmolzen. Er trennte das breite gelbe Band des Stroms von Himmel und Wolken. Sheba stieg nach hinten und hockte sich zu Mayaku.

11. Kapitel

„Mayaku", sagte sie. „Freust du dich auf dein Volk?"
Doch Mayaku sah sie nur an, als habe er sie nicht verstanden. Der Fahrtwind blies ihm eine Haarsträhne über die Augen.
„Weißt du, was ich meine?" fragte Sheba weiter. „Ich würde gern wissen, ob du dich freust, heimzukehren?"
Der Junge schüttelte den Kopf. Er wußte nicht, was Sheba von ihm wollte, hatte es nicht gelernt, über das nachzudenken, was er fühlte.
„Der alte Mann war ein Hexer", sagte er unvermittelt, „ein Brujo."
„Woher willst du das wissen?"
„Er hat mich geweckt damals, als ich unterwegs war. Ich wollte, er hätte mich nicht gefunden."
Sheba sah ihn entsetzt an.
„Er hätte mich dem Fluß überlassen sollen. So, wie es bestimmt worden war. Statt dessen hat er mich aufgeweckt und mir das Bild meiner Seele genommen."
„Ich verstehe dich nicht, dann wärst du doch tot?"
„Was ist ‚tot'?" fragte Mayaku. „Meinst du die große Wanderung damit?"
Doch Sheba verstand ihn nicht. Es fiel ihr ein, daß der Alte am Abend vorher von den Seelen gesprochen hatte und ob sie keine Angst hätten vor ihnen. Der Wald ist voll von ihnen, hatte er gesagt, aber niemand war näher darauf eingegangen.
„Was tut ein Hexer oder Brujo, wie du sagst?" nahm sie das Gespräch wieder auf. Mayaku lachte. Es war das erste Mal, daß sie ihn lachen sah. Er warf den Kopf zurück, daß die Haare nach hinten flogen.
„Du weißt nicht, was ein Brujo ist", rief er. „Frag Juan. Er kennt die besseren Worte dafür."
Sheba kletterte über das Gepäck nach vorn. Als sie an dem Motorkasten vorbeikam, schlug ihr ein Schwall heißer, von Öl verpesteter Luft entgegen. Weiter vorne war es kühl.
„Was ist ein Brujo, Juan?" fragte sie.

„Ein Zauberer, Medizinmann, Arzt, Priester, Geisterbeschwörer, alles, was du willst. Er hat große Macht."
„Mayaku sagt, der Alte von gestern sei einer."
„Schon möglich." Der Mestize wendete den Blick nicht von der Wasseroberfläche vor ihnen.
„Er sagt auch, er habe ihn gegen seinen Willen geweckt."
„Wenn jemand so einsam am Fluß lebt wie der", sagte Juan, „dann versteht er von vielen Dingen etwas, von denen wir keine Ahnung haben!"
In diesem Augenblick öffnete sich das Ufer auf ihrer Seite. Zuerst dachte Sheba an eine Bucht, dann an einen See.
„Mayaku", rief der Mestize, „ein Nebenfluß!"
Doch der Junge hatte es schon gesehen. Er beugte den Kopf über den Bootsrand und starrte in die Strömung.
„Was macht er da? Sucht er etwas?" fragte Sheba. Juan steuerte das Boot näher an die Ausbuchtung.
„Er betrachtete die Farbe des Wassers. Sie wird von feinem Sand oder Gesteinsteilchen bestimmt, die es mit sich trägt. Es gibt Schwarzwasserflüsse, gelb gefärbte, rot gefärbte und natürlich Zwischenschattierungen. Vermutlich kennt der Junge die Farbe des Flusses, den er hinuntertrieb, oder er kennt die Farbe der Steine und des Sandes in seinem Heimatgebiet."
Aber Mayaku winkte Juan, weiterzufahren. Dieser war nicht der richtige.
Sheba betrachtete die Wasserfläche. Dort, wo der Nebenfluß einmündete, wichen die Ufer weit zurück. Das Boot mußte den Mündungsarm überqueren, ohne sich von dem Seitenwasser in die Hauptströmung zurücktreiben zu lassen.
„Juan muß kräftig gegensteuern", sagte Pablo, der mit Jonny im Heck saß und die Manöver des Mestizen genau beobachtete. Sie hatten sich ihre Schuhe ausgezogen und die Hosen bis zu den Knien hochgekrempelt. Ihre Beine hingen ins Wasser. Sheba machte es ihnen nach. Sie genoß die kühle Strömung auf ihrer Haut, spürte, wie sie in ihrem Körper aufstieg und sie erfrischte.
„Wenn mir früher jemand gesagt hätte, daß es Flüsse von dieser Breite

gäbe, hätte ich ihn ausgelacht!" sagte sie zu Pablo. Ihr Vater hob die Augenbrauen. „Das ist doch nicht viel. Hier ist er vielleicht nur zehn Kilometer breit. Im Mündungsgebiet an der Küste ungefähr siebzig."
„Wirklich?" Das überstieg Shebas Vorstellungskraft.
Sie hatten den Nebenfluß hinter sich gelassen. Mayaku lehnte sich entspannt zurück. Über die Uferböschung wucherte der Urwald. Ausgewaschene Rinnen zeigten, wo nach starkem Regen das Wasser abfloß. Ab und zu wechselten kreischende Vögel die Standplätze.
„Warum brauchen wir eigentlich eine Genehmigung, wenn sie doch niemand kontrolliert?" fragte Jonny. Er schlug mit den Füßen auf das Wasser, daß es spritzte. „Ist es wirklich zum Schutz der Indianer?"
„Es geht ihnen nicht um Kontrollen. Sie wollen nur unsere Namen registrieren", erklärte ihm Pablo. „Sie haben Angst, daß jemand anderer als sie selbst geologische Entdeckungen macht. Erdöl zum Beispiel oder Uran. Sie haben uns verpflichtet, jeden Fund dieser Art sofort zu melden und der Regierung die Ausbeutung zu überlassen."
„Gibt es noch Gold da?" Sheba hatte von dem Dorado gelesen, dem vergoldeten Mann, dessen Land die spanischen Eroberer vergeblich gesucht hatten.
„Vielleicht." Pablo sah sie an. „Aber heutzutage ist einer Regierung Erdöl und Uran wichtiger."
„Und was geschieht, wenn sie an einer Stelle fündig werden, an der ein Indianerstamm lebt?"
„Ja, Sheba", sagte Pablo traurig, „kannst du dir nicht selbst ausrechnen, wie dann entschieden wird?"
Sheba konnte es. Ein Wolke verdeckte die Sonne. Das Boot fuhr eine Weile im Schatten. Dann, als das Licht sie wieder erreichte, ruderte Juan plötzlich aufgeregt mit den Armen. Ein Kanu kam ihnen entgegen. In ihm hockte reglos eine in einen Poncho gehüllte Gestalt. Im Bug standen zwei Hunde.
„Hallo!" rief Jonny zu dem Alten hinüber. Doch der starrte vor sich hin und rührte sich nicht. Er tat, wie wenn er ihr Schiff nicht bemerkte.
„Hallo, Señor, danke für die Gastfreundschaft!"
Geisterhaft rasch trieb das Kanu vorbei und entfernte sich. Nur die Hunde wendeten kurz ihre Köpfe.

„Er betet", sagte Mayaku leise. Aber das hörte nur Sheba.
„Er muß noch in der Nacht losgerudert sein, um mit eigener Kraft so weit stromaufwärts zu kommen." Sheba fielen die sehnigen, kräftigen Hände ein, die ihnen gestern den Fisch zubereitet hatten. Sie stellte sich vor, wie sie das Paddel umklammerten, das das Kanu durch die Strömung steuerte.
„Das ist eine gewaltige Leistung", sagte sie.
Der nächste Nebenfluß kam bald in Sicht. Er war nicht so breit wie der erste, und sein Wasser hatte eine rötlichbraune Färbung. Als das Boot in einem Bogen in ihn hineinfuhr, sprang Mayaku auf.
„Aqui, aqui!" rief er lebhaft.
Juan nahm das Gas weg und drehte das Steuerrad herum. Das Schiff wendete in die neue Richtung und fuhr nun den von dem Jungen wiedererkannten Wasserweg aufwärts.
Pablo, Sheba und Juan waren fest davon überzeugt, eine erste Hürde geschafft zu haben. Pablo holte die Karte und suchte auf ihr den Fluß, auf dem sie sich befanden. Er war eine dünne, sehr lange Ader, die sich, unterbrochen von vielen Inseln, dem Bergland im Norden näherte. Dort teilte er sich in zwei Seitenarme. Der eine führte fast gradlinig nach Norden, der andere mehr gegen Nordosten. In beide mündeten viele kleine Flüsse. Sie kamen aus einer auf der Karte noch als Wald bezeichneten Fläche.
„Woher kennt man den Verlauf der Gewässer so genau?" fragte Sheba.
„Durch Luftaufnahmen."
„Und bist du sicher, daß dort vor uns noch nie jemand war?"
„Nein, das bin ich nicht. Aber wie Jonny schon sagte, gibt es da möglicherweise Stromschnellen, die nur sehr schwer zu umgehen sind. Die Gebiete hinter diesen natürlichen Barrieren sind meistens unerforscht."
„Und der Indianer, von dem das Buch handelt, kam er auch von da?"
„Er kann von überallher gekommen sein. Dem Mann, dem er begegnet ist, erzählt er, er sei flußaufwärts zu Hause. Flußaufwärts ist alles das hier." Pablo wischte mit einer Handbewegung über die ganze Karte.
„Das hilft uns auch nicht weiter." Sie aßen ein wenig Zwieback und tranken Mineralwasser. Mayaku lehnte beides ab. Sheba fühlte sich

müde. Der ständig dröhnende Dieselmotor und die Hitze strengten sie an. Sie holte ihr Heft aus der Tasche.

59. Tag, schrieb sie. *Wir verlassen den großen Fluß. Er ist unermeßlich. Doch der, dem wir jetzt folgen, ist immer noch riesig. Kannst Du Dir vorstellen, daß ein kleines blumengeschmücktes Kanu auf einer so großen Wasserfläche abwärts getrieben ist? Und mit ihm ein völlig entkräfteter, bewußtloser vierzehnjähriger Junge, der einen hölzernen Jaguar in den Händen hielt? Vielleicht lief sein Boot irgendwann auf einer Sandbank auf. Dort blieb es stecken, bis die Strömung es so weit herumdrehte, daß es wieder frei war. Schutzlos war der Junge Sonne, Regen und Moskitos ausgesetzt. Wie viele Tage mag er wohl unterwegs gewesen sein? Wie und warum hat ihn gerade der alte Hexer gefunden? Mayaku spricht wenig mit uns. Er scheint uns zu verachten, aber ich will alles versuchen, um ihn zum Reden zu bringen. Vielleicht erzählt er mir etwas von seinem Volk?*

12. Kapitel

Als in der Ferne die ersten Gewitterwolken sichtbar wurden, beachtete sie zunächst niemand. Rasch verteilten sie sich über den ganzen Himmel, zerfaserten an manchen Stellen und fransten nach unten aus. In Sekundenschnelle zogen sie einen schrägen, grauen Schleier hinter sich her. Für Sheba war das nichts Neues. In den letzten zwei Tagen hatte sie schon öfters Wolken sich blähen gesehen, und sie hatte beobachtet, wie sie ihren Inhalt über den Dschungel ausschütteten. Diesmal erwischte es das kleine Boot gleich von zwei Seiten. Zuerst schien es, als wolle sie das Gewitter den Fluß hinauftreiben. Es begann weiter unten am großen Strom und raste von da an flußaufwärts hinter ihnen her. „Gib Gas, Juan!" brüllte Jonny. Doch Juan ließ den Motor schon auf vollen Touren laufen. Schneller ging es nicht.
Pablo wies Sheba an, ihr Regenzeug anzuziehen.
„Aber wir haben doch das Dach", versuchte Sheba zu widersprechen. Doch ihr Vater bestand darauf, daß sie ihren Anorak anzog. Sie beobachtete, wie der Wald Schicht für Schicht hinter dem Regenschleier verschwand. Immer näher rückte die Wasserwand. „Schaffst du es, Juan?" rief Pablo. Doch Juan schüttelte den Kopf und deutete nach vorn. Da sahen sie in einiger Entfernung eine zweite Wasserwand.
„Na, ja!" seufzte Jonny. „Ergeben wir uns in das Unvermeidliche. Jetzt werden wir ja gleich sehen, was unser Dach aushält."
Ab und zu polterte ein Donnerschlag über den Urwald. Dann fielen die ersten Tropfen, und im nächsten Augenblick schüttete es, wie Sheba es noch nie erlebt hatte. Sie kauerte in der Mitte hinter dem Motor, während Jonny und Pablo sich neben Juan unter das kleine Vordach drängten.
Das Dach hielt nicht lange. Zuerst tropfte es nur an einigen Stellen, doch bald rann der Regen in mehreren Sturzbächen durch die Palmbüschel. Sheba zog sich die Kapuze über den Kopf und duckte sich tief über ihre Knie. Sie hörte das Prasseln auf dem gummierten Stoff ihres Ölzeugs und hoffte die ganze Zeit, daß es aufhören möge zu regnen, bevor das

Boot vollgelaufen war. Einmal schlief ihr ein Bein ein, und sie mußte sich umdrehen, um es in eine bequemere Lage zu bringen. Da entdeckte sie Mayaku. Er hockte im Heck auf der Bootskante. Der Regen traf ihn voll, und es sah so aus, als genieße er es, naß zu werden. Er streckte sein Gesicht in den Himmel, ein Lächeln umspielte seine Lippen. Doch gerade, als Sheba dies erstaunt feststellte, bewegte er sich, als rede er mit jemand.

Mit wem unterhält er sich, überlegte sie, und Ärger stieg in ihr hoch. Sie drehte den Kopf weg und starrte ins Wasser. Die sonst verhältnismäßig glatte Oberfläche wurde von den Regentropfen aufgewühlt. In winzigen Fontänen prallten sie zuerst von ihr ab, wobei kleine, kraterähnliche Vertiefungen entstanden. Dann, beim zweiten Aufprall, vereinigten sie sich mit dem Wasser des Flusses. Als Sheba abermals Mayaku ansah, entdeckte sie, daß er trank. Er hielt den Mund geöffnet, fing damit die Tropfen auf und schluckte. Mit der Hand strich er sich eine nasse Haarsträhne aus dem Gesicht.

Immer stärker rann das Wasser durchs Dach, überschüttete ihr Gepäck und sammelte sich am Boden des Bootes, wo es Sheba über die Füße schwappte. Als es endlich aufhörte zu regnen, schien es allen, mit Ausnahme von Mayaku, wie eine Ewigkeit vorgekommen zu sein, und doch hatte es sicher nicht länger als zehn Minuten gedauert. Sie waren völlig durchnäßt. Jonnys rote Haare klebten in dünnen Strähnen an seinem Hinterkopf, und Pablos Hemd war dunkel vor Nässe. Der Himmel klarte auf, und bald huschten die Schwalben wieder über den Fluß. Die Luft war angenehm. Sheba fror nicht. Sie zog den Anorak wieder aus und legte ihn auf das Gepäck. Die Sonne sank rasch. Sie beleuchtete die Wolkenreste im Westen und gab ihnen einen orangeroten Schimmer. Eine Horde Papageien flatterte kreischend über das Boot. Am Ufer hockte still ein großer, weißer Vogel. Er hatte einen langen, gebogenen Schnabel und wartete auf irgend etwas. Klatschend sprangen ein paar Fische hoch und fielen wieder zurück.

Juan steuerte eine Insel an. Dort, wo der Uferabbruch ihm zeigte, daß das Wasser tief genug war, brachte er das Boot längsseits heran. Mayaku sprang mit dem Seil in der Hand ans Ufer und machte es an einem Baum fest.

„Bleiben wir über Nacht hier?" erkundigte sich Sheba.
„Frag Juan!"
„Juan", sagte Sheba, „bleiben wir über Nacht hier?"
„Hier oder auf der Sandbank dort, mir ist es gleich."
Juan stellte den Motor ab. Zuerst war die Stille ungewohnt. Die Ohren waren taub vom Lärm der Maschine, abgestumpft, unempfindlich. Doch dann gluckerte das Wasser leise an der Bootswand entlang. In der Nähe quakten Frösche, und die Zikaden begannen ihr Abendkonzert.
„Auf der Sandbank, bitte", sagte Sheba.
„Na, gut."
Während die Männer das Gepäck ausluden, sammelte Sheba Feuerholz. Schwemmholz gab es genug auf der Insel. Der Fluß trieb ganze Wagenladungen am Ufer an. Doch leider war das meiste naß vom Regen. Sheba wühlte unter den angeschwemmten toten Ästen, bis sie einige trockene Zweige fand. Juan lobte sie sehr. Sie bauten ihr Lager am Waldrand auf. Jonny rammte ein paar große Pflöcke in die Erde und befestigte ihre Hängematten daran. „Aber hier gibt es doch sicher keine Ameisen. Dann könnten wir doch auf dem Boden schlafen?" Sheba hatte die Hängematte in keiner guten Erinnerung. Am Morgen tat ihr der Rücken weh. Doch Juan zeigte ihr, wie man sich hinlegen mußte, um gerade zu liegen. „Du mußt dich schräg zur Aufhängung legen", erklärte er, „den Winkel mußt du selbst ausprobieren. Wenn du es raus hast, merkst du keinen Unterschied zwischen einem Bett und einer Matte." Es dämmerte. Pablo machte drei Dosen Bohnen mit Speck auf, schüttete alles in einen Topf und wärmte es über dem Feuer.
„Wo ist der Indianer?" fragte Jonny.
„Sheba – der Jaguar!" rief Pablo erschrocken. Aber seine Sorge war unnötig. Sheba saß auf ihrem Gepäcksack.
„Mayaku!" rief Pablo. „Essen!"
Der Junge tauchte am Waldrand auf. In der Hand hielt er ein paar Zweige. Wortlos umkreiste er das Lager, zeichnete mit einem Stöckchen merkwürdige Zeichen in den Sand, murmelte dabei unverständliche Worte vor sich hin und steckte neunmal einen Zweigbüschel in den Boden.
„Was macht er da?" fragte Pablo.

„Er beschwört die Geister. Ohne dieses zu tun, würde er nicht hier schlafen."
„Welche Geister?" fragte Jonny kauend.
„Seine, die seines Volkes."
Sheba hatte atemlos staunend Mayakus seltsames Verhalten beobachtet. Als der Junge sein Ritual beendet hatte, hockte er sich zu den anderen. Juan reichte ihm eine Schale mit Bohnen.
Allmählich senkte sich die Dunkelheit über den Fluß. Die Stimmen aus dem nahen Wald wurden lauter.
„Kannst du sie unterscheiden?" fragte Sheba Pablo.
Pablo schüttelte den Kopf. „Das kann nur jemand, der sein Leben hier gelebt hat. Es ist doch so, Juan?" Er übersetzte Juan in Spanisch, was er gerade zu Sheba gesagt hatte.
„Es sind die Stimmen von Geistern und Dämonen. Sie ahmen einander nach und vertauschen ihre Rollen, um uns zu verwirren. Hör nicht hin, Señorita!" sagte Juan.
„Ich wüßte gern mehr über Mayakus Geister."
„Dann frag ihn danach!"
Sheba schwieg. Es dauerte eine Weile, bis sie sich entschlossen hatte: „Mayaku", sagte sie. „Erzähl mir was von deinen Geistern."
Doch Mayaku aß schweigend weiter.
„Mayaku", begann Sheba von neuem. Sie sah hilfesuchend zu Juan hinüber. „Warum hast du das getan, vorhin? Ich meine, die Zeichen in den Sand gemalt und die Zweige hineingesteckt?"
„Laß ihn", tröstete sie Juan. „Er will nicht darüber reden. Aber vielleicht kann ich dir etwas von den Geistern der Indianer, die hier leben, erzählen. Vielleicht gleichen sie denen Mayakus und unterscheiden sich nur durch andere Namen von ihnen."
„Oh, Juan, bitte", sagte Sheba.
Wieder war es eine Weile still. Die Urwaldgeräusche ebbten auf und ab, wurden manchmal durch einen lauten Schrei unterbrochen, der alle anderen kurz zum Verstummen brachte, und begannen dann von neuem. Ab und zu übernahm eine Stimme die Führung, übertönte jammernd oder fröhlich die anderen, bis sie vom Chor wieder eingeholt wurde und in ihm unterging.

„Also", begann der Mestize. „Da gibt es zuerst einmal Tsungi, einen mächtigen Dämon, der im Fluß wohnt. Er lebt in einem Haus, dessen Dach von vielen Wasserschlangen getragen wird, die aufrecht stehen wie Säulen. Sein Thron ist ein Schildkrötenpanzer. Er hat lange Haare, die in der Störmung schwimmen wie Algen. Manchmal verwandelt er sich in eine Anakonda. Es ist gefährlich, Tsungi zu verärgern, denn seine Pfeile sind tödlich. Er hat die Macht, die Erde durch Regen und Überschwemmungen zu zerstören, weil er über das Wasser gebietet. Er gibt den Schamanen Kraft, ihren Zauber auszuüben, ruft verirrten Leuten zu und zeigt ihnen den Weg zum Fluß."

„Woher sollen die Leute wissen, welche der vielen Stimmen Tsungi gehört?" unterbrach ihn Sheba. „Woher sollen sie wissen, wem sie zu folgen haben?"

„Wenn sie in Not sind, wissen sie es", erklärte Juan.

Allmählich brannte das Feuer herunter. Pablo legte einen trockenen Ast nach.

„Im Gegensatz zu Tsungi ist Chulla Chaqui ein böser Walddämon. Wenn er in Menschengestalt auftritt, ist er sehr klein, und je nachdem, wem er begegnet, auch sehr gut angezogen. Man kann ihn leicht erkennen, denn er hinkt. Sein linker Fuß ist eine Jaguarpfote."

„Bei uns hat der Teufel einen Pferdefuß", sagte Sheba.

„Er grüßt die Leute immer sehr freundlich, und wenn sie ihn nach dem Weg fragen, gibt er ebenso zuvorkommend Auskunft!"

„Aber dann ist er doch nicht böse!" warf Jonny ein.

„Doch, doch", fuhr Juan fort, „die Auskunft ist nämlich immer falsch. Er schickt die Leute weiter in die Irre, und wenn sie völlig erschöpft zusammenbrechen, kommt er, um sie sterben zu sehen. Er weidet sich an ihrem Tod."

Ein keckerndes Gelächter ließ alle zusammenfahren.

„Erzähl weiter, Juan!" bat Sheba schnell.

„Einmal versuchte eine Witwe, Chulla Chaqui zu besiegen. Sie tat sich mit dem Gott des Regenwaldes zusammen, und als sich ihre beiden Kinder im Wald verliefen und der Erschöpfungstod schon auf sie wartete, verwandelte der Regengott sie einfach in zwei Vögel. Da hatte Chulla Chaqui das Nachsehen."

Juan schwieg einen Augenblick. „Eigentlich sollte ich euch noch von Nungui erzählen."
„Was ist Nungui?" fragte Sheba.
„Am Anfang war die Erde sehr trocken", fuhr der Mestize fort. „Die Pflanzen verdorrten, und die Menschen mußten hungern. Da kam der Nunguigeist aus der Erde, um ihnen zu helfen. In Gestalt eines kleinen Kindes lebte er bei ihnen. Er hatte die meisten Früchte geschaffen, vor allem die Maniokwurzel. Doch eines Tages haben ihn die Kinder vertrieben. Während er mit ihnen spielte, streuten sie ihm Asche in die Augen. Nungui weinte und kroch auf das Dach des Hauses. Als die Kinder ihn auch dort nicht in Ruhe ließen, floh er in einen hohlen Baumstamm. Seither lebt er unter der Erde. Er sorgt dafür, daß die Pflanzen gedeihen und lockert den Boden mit Hilfe der Würmer. Manchmal kommt er noch an die Oberfläche und geht durch die Gärten. Dann verwandelt er sich in eine junge Frau, die mit dem Maniok tanzt. Seitdem er sich über die Kinder geärgert hat, läßt er aber auch das Unkraut wachsen, um sich zu rächen."
„Gibt es noch mehr Dämonen als diese drei?" fragte Jonny.
„Noch viele", sagte Juan. „Große mächtige und kleine unbedeutende. Bei den einen heißen sie so und bei den anderen wieder anders. Sie sind verschieden und doch immer gleich ..." In diesem Augenblick ertönte ganz in der Nähe des Lagers ein langgezogener Ruf: „A-a-aya Mama!" Und dann noch einmal: „Aaaya Mama!"
Sheba ging es durch Mark und Bein, und ohne daß sie in der Dunkelheit Juans Gesicht erkennen konnte, spürte sie, daß auch er zusammenschrak.
„Aya Mama!" schrie es noch einmal, dann war es wieder still. Dies war der Augenblick, in dem alle Tiere verstummten.
„Jesus Christus", murmelte Juan ängstlich.
„Was bedeutet das?" fragte Jonny. Aber Juan antwortete ihm nicht. Die Stimmen setzten wieder ein, und bald klang das Urwaldkonzert wieder wie vorher.
„Was das bedeutet, würde ich gerne wissen", wiederholte Jonny.
„Nichts, nichts", sagte Juan schnell, und jeder konnte merken, daß er log.

„Na, gut, dann also nicht", brummte Jonny verärgert.
Da lachte es leise neben ihm.
„Es bedeutet, daß jemand von uns sterben wird, bevor der nächste Mond wechselt", sagte Mayaku. „Nur das und nichts mehr."
„Ach, Blödsinn", schimpfte Pablo. „Laß das, Mayaku! Gehen wir schlafen, es ist schon spät!"
Sheba lag noch lange wach. Sie drehte sich, um den richtigen Winkel zu finden, und als sie ihn gefunden hatte, lauschte sie auf die Urwaldgeräusche. Tsungi fiel ihr ein, und sie stellte ihn sich auf seinem Schildkröten-Thron vor und wie seine langen Haare in der Strömung trieben. Sie dachte an Chulla Chaqui, den Bösen, und Nungui, den Erdgeist.
Dann schlief sie ein.

13. Kapitel

Wieder schliefen die anderen noch, als Sheba aufwachte. Nur Mayakus Lager war leer. Über den Fluß zog der Nebel in dichten Schwaden. Das Wasser bewegte sich kaum, und im Wald war es still. Sheba holte ihr Heft heraus und setzte sich draußen auf einen Stein.

61. Tag. Gestern kam ich nicht dazu, Dir zu schreiben. Zuerst regnete es, und dann mußten wir das Lager aufschlagen. Juan erzählte von Geistern und Dämonen, und er erzählte so lebendig, als würden sie gleich aus dem Schatten des Waldes treten und sich zu uns ans Feuer setzen. Wer von uns muß sterben? Vielleicht hat sich Mayaku nur einen Scherz erlaubt. Ich will Juan heute noch einmal danach fragen. Mayaku beachtet mich immer noch nicht, obwohl ich den Eindruck habe, daß er ständig meinen Reisesack im Auge behält. Falls ihm der Jaguar in die Finger fallen sollte, würde er natürlich mit ihm flüchten und uns nicht mehr weiterführen. Was für eine Bedeutung mag er für ihn haben? Vielleicht erfahren wir es, wenn wir bei seinem Volk sind.

Sheba hörte auf zu schreiben. Ihr war plötzlich etwas in den Sinn gekommen. Solange die anderen noch schliefen, könnte sie ein Bad im Fluß nehmen. Sie lief ans Ufer und folgte diesem bis an die Stelle, an der der Wald ans Wasser reichte und die großen Büsche ihre Äste weit über die Böschung hängen ließen. Dort, unter einem großen Balsabaum, legte sie ihre Kleider ab und sprang ins Wasser. Sie tauchte unter, schwamm ein paar Stöße und ließ sich dann treiben. Es prickelte auf ihrer Haut. Still zog der Wald an ihr vorbei. Ein großer toter Baum lag in ihrem Weg. Sie zog sich an einem der Äste hoch und hockte sich auf den von der Sonne ausgebleichten Stamm. Allmählich verzog sich der Nebel, und das andere Ufer tauchte aus dem Dunst. Ein kleiner Strandläufer schwirrte herbei und ließ sich auf einem der Äste in ihrer Nähe nieder. Als er sich ausgeruht hatte, flatterte er weiter. Das Wasser bekam einen bläulichen Schimmer. Als Sheba zum Himmel sah, war dieser klar und wolkenlos. Es würde heiß werden, und während sie das dachte, schweifte ihr Blick die Uferböschung entlang. Eine kleine Bewegung weckte ihr

Mißtrauen, und als sie genauer hinsah, entdeckte sie Mayaku, der zu ihr herüberstarrte. Ihre erste Regung war Empörung. Doch dann fiel ihr ein, daß sie damit zugeben würde, gesehen worden zu sein. Nacktheit war nur für Weiße etwas Besonderes. Für einen Waldindianer war es die natürlichste Sache von der Welt. Vorsichtig ließ sie sich ins Wasser gleiten. Mühsam, sich an den Zweigen entlang hangelnd, kämpfte sie sich flußaufwärts bis zu dem Balsabaum, unter den sie ihre Kleider gelegt hatte. Sie zog sich an, ohne sich abzutrocknen, und lief zum Lager zurück. Juan hatte bereits Feuer gemacht. Es roch nach Kaffee und Spiegeleiern.

„Bist du es, Sheba?" fragte Pablo verschlafen aus seiner Hängematte heraus.

„Ich habe gebadet und muß mich rasch umziehen. Es gibt gleich Frühstück", sagte Sheba. Sie kramte sich frische Sachen aus dem Sack und zog sich um.

„Jonny, aufstehn!" rief Pablo. Aber aus Jonnys Ecke kam nur ein unfreundliches Brummen. Sheba nahm das Heft noch einmal in die Hand und setzte sich ans Feuer. Juan reichte ihr einen Blechbecher mit süßem Kaffee, und während sie ihn langsam in kleinen Schlucken schlürfte, schrieb sie:

Ich war baden. Es war ein herrliches Gefühl. Mayaku hat mich gesehen, aber ich will es niemand erzählen. Pablo könnte böse werden und mir das Baden verbieten. Das will ich nicht. Etwas verschweigen ist doch nicht gelogen? Oder?

Mayaku kam aus dem Wald. In einer Hand hielt er drei Fische. „Er macht sich!" spöttelte Jonny. Er trat aus dem Zelt und streckte sich. „Ich habe beschlossen, mir von heute an einen Bart stehenzulassen!"

„Um Himmels willen!" rief Pablo und rang in komischer Verzweiflung die Hände. Und Sheba überlegte, wie schrecklich Jonny mit einem roten Bart aussehen würde. Doch dann fiel ihr ein, daß sie Juan noch etwas fragen wollte.

„Juan", begann sie, „sag ehrlich, was für eine Bedeutung hat der Ruf des Ayamamavogels?"

Juan sah sie nicht an.

Verlegen stocherte er im Feuer herum. „Keine, Señorita", sagte er dann.

„Und wer etwas anderes behauptet", er blickte zu Mayaku hinüber, „der fällt einem Aberglauben zum Opfer."

„Aber du bist doch selbst erschrocken, als du den Vogel rufen hörtest?"

„Laß es gut sein, Sheba", hielt sie ihr Vater zurück. „Juan hat sicher recht." Doch niemand entging das überlegene Lächeln Mayakus.

Sie packten zusammen und fuhren los. Wieder dröhnte der Motor laut über den Fluß. Gegen Mittag kam ihnen ein Kanu entgegen. Rasch trieb es flußabwärts. Im Bug hockten eine Frau und ein Kind. Der Mann im Heck steuerte das Boot mit dem Paddel. „Aber ich dachte, wir wären allein hier", sagte Pablo zu Juan.

„Möglicherweise gibt es stromaufwärts doch noch eine oder mehrere Gruppen. Sie ziehen im Wald umher, und niemand weiß genau, wo sie sich gerade befinden."

Das Kanu entschwand bald ihren Blicken. Links von ihnen tauchte eine größere Flußmündung auf. Weiße Schaumflocken trieben auf dem von dort kommenden Wasser.

„Da hat es geregnet, weiter hinten", sagte Juan. „Das Wasser steigt und spült die Ufer sauber. Daher der Schaum." Der Bewuchs des Ufers wechselte. Einmal waren es Bambus, Farne und wilde Bananen, dann wieder hohe Fächerpalmen, Kapok, Philodendren und Balsabäume, aus deren federleichtem Holz die Indianer Flöße bauten und wunderschöne Vögel schnitzten. Gegen Mittag wurde es drückend heiß. Sheba versuchte zu schlafen. Aber das Dröhnen des Motors, das Schütteln des Bootes und der Dieselgestank störten sie. Pablo verteilte Früchte und Kekse. „Warm wird erst am Abend gegessen. Wir vertrödeln sonst nur unsere Zeit."

Niemand widersprach ihm. Die Hitze lähmte und nahm den Hunger. An diesem Tag brachten sie eine große Strecke hinter sich. Immer wenn Juan Mayaku fragend ansah, blickte dieser kurz ins Wasser und nickte dann. Flußaufwärts war die richtige Richtung. Einmal stand ein großer Tapir am Ufer. Er äugte zu ihnen herüber und ging dann langsam ins Wasser. Sein mächtiger Körper tauchte unter, nur die Oberseite des Kopfes sah noch heraus. Mit steil aufgerichteten Tütenohren, schnaubend und prustend überquerte er hinter ihnen den Fluß. Er kam Sheba wie ein Urtier vor, fremdartig in der Form, aus der Saurierzeit stam-

mend. Als die Sonne unterging, suchte Juan sorgfältig die Ufer ab, bis er einen Lagerplatz fand, der seinen Ansprüchen genügte. Er lenkte das kleine Schiff an die Böschung, und während Mayaku das Tau um den Stamm einer Chonta-Palme legte, stellte Juan den Motor ab, seufzte tief und sagte: „Aqui." Und das bedeutete alles: Hier bleiben wir, hier ist der richtige Ort, hier und nirgendwo anders. Er sprang mit seiner Machete an Land und säuberte den vorgesehenen Lagerplatz von Sträuchern und kleinen Bäumen. Sheba bewunderte die Kraft, mit der er zuschlug, und die Schärfe des Messers, das alles durchschnitt, was ihm im Weg war. Juan brauchte selten mehr als ein- oder zweimal zuzuhauen, um einen Ast oder einen dünnen Stamm zu durchtrennen. Pablo und Jonny stellten die Zeltplane auf, während Sheba die Hängematten und die Moskitonetze bereitlegte. Mayaku war einige Zeit damit beschäftigt, den Lagerplatz zu umkreisen und mit einem Messer merkwürdige Runen in die Baumstämme zu schnitzen. Später wurde er von Juan zum Fischen geschickt, und als er nach kurzer Zeit mit zwei großen und drei kleineren Fischen zurückkam, verspürten auf einmal alle Hunger.
Es war völlig dunkel, als der Mestize mit der Zubereitung des Abendessens fertig war. Das Urwaldkonzert hatte längst begonnen. Moskitos summten um sie herum, und der Fluß gluckerte leise.
Die Fische schmeckten köstlich.
Nach dem Essen holte Mayaku eine kleine Panflöte aus der Hosentasche und begann zu spielen. Es war eine heisere, geheimnisvoll traurige Melodie, die auf Sheba eine einschläfernde Wirkung hatte. Sie fühlte sich leicht, als schwebe sie über den Bäumen. Sie sah bunte Vögel und seltsame Blumen, und es war ihr, als erzählte ihr die Flöte eine Geschichte. Sie bedauerte sehr, daß sie die Sprache, in der sie erzählt wurde, nicht verstand, und strengte sich an, etwas von der Handlung zu erfahren, von ihren Figuren und der Landschaft, in der sie spielte. Doch als ihr das nicht gelang, ergab sie sich der Melodie und ließ sich treiben.
Es blieb lange still, nachdem Mayaku zu spielen aufgehört hatte. Jeder hing seinen Gedanken nach, bis Jonny plötzlich anfing: „Juan, was meinte der alte Brujo damit, als er sagte, der Wald sei voller Seelen?"
„Er meinte, was er sagte", erklärte der Mestize. „Daß der Wald voller Seelen sei, nichts weiter."

„Seelen Verstorbener?“ Sheba rieselte es kalt den Rücken herunter.
„Das auch, aber überwiegend voller Seelen lebender Indianer.“
„Aber eine Seele gehört doch untrennbar zu einem Körper“, sagte Pablo.
„Das glauben nur die Gringos.“ Juans Stimme kam aus dem Dunkeln, und Sheba meinte, eine Spur von Ungeduld darin zu hören. „Die Indianer glauben an eine Buschseele, die getrennt von ihrem Körper im Wald lebt. Das kann in Gestalt eines großen weißen Adlers, einer Schlange, eines Vogels oder eines Kaimans sein. Wenn sie vierzehn Jahre alt sind, gehen die Jungen in den Wald. An einem weit von ihren Hütten entfernten Platz fasten sie so lange, bis sich ihnen ihre Buschseele zeigt.“
„Und was bedeutet sie für ihn?“
„Es ist eine Art Schutzgeist. Sie hat darauf zu achten, daß kein böser Zauber ihm Schaden zufügen kann. Sie hat ihn auf der Jagd zu beschützen und vor seinen Feinden. Besonders bevorzugte Indianer können mit Hilfe von Drogen die Gestalt ihrer Buschseelen annehmen. Dann jagen, fliegen oder tauchen sie, genau wie das Tier, das sie verkörpern.“
„Hat Mayaku auch eine Buschseele?“ Und zu Shebas größten Erstaunen sagte Mayaku: „Ja“, ohne daß sie die Frage direkt an ihn gerichtet hatte.
„Ist es der Jaguar?“
Da schwieg er.
An diesem Abend hörten sie das erstemal Brüllaffen schreien, und Sheba lauschte noch lange ihren Stimmen, bevor sie endlich einschlief.

14. Kapitel

In der Nacht wachte sie zweimal auf. Das erste Mal, als eine Eule in der Nähe schrie. Sie schrak hoch, beruhigte sich aber gleich wieder, als sie Pablo und Jonny neben sich schnarchen hörte. Juan bewegte sich in seiner Matte. Sie schwankte leise hin und her. Wo Mayaku schlief, wußte sie nicht. Sie drehte sich um und mußte gleich wieder eingeschlafen sein, denn als sie das nächste Mal aufwachte, regnete es. Draußen wurde es allmählich hell. Der Regen schlug auf die Zeltplane, und von irgendwo tropfte Wasser in das Innere. Ein frischer Luftzug streifte Shebas Gesicht. Gleich darauf spürte sie eine Bewegung unter ihrer Matte. Ohne zu überlegen, tastete sie mit der Hand nach der Stelle, spürte warme Haut, erschrak und fuhr mit einem Schreckenslaut hoch. Sekundenlang starrte sie in Mayakus entsetztes Gesicht. Er kniete über ihrem Reisesack und war offensichtlich gerade damit beschäftigt, ihn zu öffnen. Im nächsten Augenblick sprang er hoch und flüchtete.

„Ist was, Sheba?" fragte Pablo verschlafen, und Sheba antwortete schnell: „Nein, nein."

„Dann schlaf noch ein bißchen!" Pablo wälzte sich auf die andere Seite.

Sheba hielt es nicht mehr in ihrer Matte. Als sie annahm, daß ihr Vater wieder eingeschlafen war, stand sie vorsichtig auf. Es hatte aufgehört zu regnen. Sie holte ihr Heft heraus, kletterte ins Boot, weil sie nur dort einen einigermaßen trockenen Sitzplatz fand, und begann zu schreiben:

62. Tag. Warum habe ich Pablo nichts von Mayakus Diebstahlversuch erzählt? Es ist jetzt schon das zweite Mal, daß ich ihm etwas vorenthalte. Ich habe ihm doch sonst nie etwas verschwiegen. Mayakus Flötenlied geht mir nicht mehr aus dem Kopf. Es kommt mir so vor, als wollte er uns mit ihm etwas von seinem Volk erzählen. Nur leider konnten wir es nicht verstehen. Hoffentlich verstehen wir mehr, wenn wir dort sind!

Juan war aufgestanden. Er machte Feuer und stellte Wasser auf. Bald erschienen auch Pablo und Jonny. Jonnys Bart wuchs langsam. Es war kaum mehr als ein roter Schatten auf der weißen Haut seines Gesichts.

Pablo rasierte sich regelmäßig. Als Juan den Kaffee ausschenkte, tauchte auch Mayaku auf. Sheba sah kurz zu ihm hinüber, und für einen Augenblick kreuzten sich ihre Blicke. Dann sahen sie beide wieder auf ihre Kaffeebecher. Nur langsam hob sich der Nebel über dem Wasser. Er hing noch eine Weile in den Wipfeln der Bäume, bevor er sich völlig auflöste. Sie arbeiteten sich ein. Viel schneller als gestern war das Lager zusammengepackt und alles im Boot verstaut. Ohne daß irgend jemand Anordnungen gab, teilte sich die Arbeit wie von selbst unter ihnen auf. Sheba legte Hängematten und Moskitonetze zusammen und kümmerte sich um das Gepäck. Sie trug ihre Reisesäcke und Jonnys Blechkoffer, in dem er das Gewehr aufbewahrte, zum Boot. Pablo und Jonny schlugen die Zeltplane ab, und Juan spülte das Kochgeschirr und verstaute es. Nur Mayaku beteiligte sich kaum an der Arbeit. Wenn ihn jemand bat, dann langte er schon mal hier oder dort zu, aber sonst hockte er bloß daneben, warf kleine Steine ins Wasser oder angelte.

Als alle Platz genommen hatten, versuchte Juan den Motor zu starten. Er versuchte es ein- oder zweimal, hörte dann auf und probierte es wieder. Aber der Motor zündete nicht.

„Verdammte Scheiße!" schimpfte Jonny. „Das fehlt uns gerade noch."

Nach dem fünften vergeblichen Versuch gab der Mestize auf.

„Er muß naß geworden sein", erklärte er niedergeschlagen.

„Und wie lange wird es dauern, bis er wieder trocken ist?" fragte Pablo.

Juan zuckte die Achseln. „Das kann ich nicht sagen. Ich muß nachsehen, wo das Wasser eingedrungen ist."

„Ich habe doch gleich gesagt, daß der verdammte Motor nichts taugt!" Jonnys Laune wurde immer schlechter.

„Hör auf zu schimpfen!" wies ihn Pablo zurecht. „Das macht die Sache auch nicht besser." Dann wendete er sich dem Mestizen zu: „Also, Juan, jetzt ehrlich, wie lange kann es dauern, bis du ihn wieder in Gang bringst?"

„Wenn es gutgeht, bis zum Abend", antwortete Juan zurückhaltend. „Genau kann ich es nicht sagen."

Pablo überlegte einen Augenblick. „Dann schlage ich vor, daß Jonny, Mayaku und Sheba mit dem Kanu einen Ausflug machen, während ich Juan helfe bei dem Motor."

Jonnys Laune stieg sichtlich. Sie hatten noch das Kanu.
„Das ist doch nicht gefährlich, Juan?" fragte Pablo.
„Nicht, wenn Mayaku mitfährt", sagte der Mestize. „Ein Indianer verirrt sich selten." Sheba dachte an das Gewirr der Seitenarme neben den großen Flüssen, die sie vom Flugzeug aus gesehen hatte. Es waren Irrgärten aus kleinen Bächen, toten Wassern und Lagunen gewesen, in denen man sich leicht verfahren konnte. Aber als Juan äußerte, daß Mayaku sie sicher zurückbringen würde, freute sie sich auf die Fahrt mit dem Kanu in die Wildnis. Doch zuerst mußten sie Wasser schöpfen. Fußtief stand es auf dem Boden, und Jonny begann, es mit einer Blechdose über Bord zu kippen. Sheba ließ sich von Juan etwas Proviant mitgeben und holte die Paddel heraus. Es waren kunstvoll aus Balsaholz geschnitzte Scheiben an einem Stiel, federleicht. Jonny nahm die Kamera mit, und Sheba ließ sich von ihrem Vater das Fernglas geben.
„Bevor es dunkel wird, seid ihr wieder hier!" befahl Pablo streng, und Jonny versprach es.
Sie paddelten ein Stück flußaufwärts und bogen in den nächsten Seitenarm ein. Obwohl die Sonne schon hoch stand, herrschte hier sanftes Dämmerlicht. Das Wasser war ruhig und dunkel. Es schien unergründlich. Ein betäubender Duft voll Süße und Fäulnis hing zwischen den Blättern. Sie fuhren wie in einem Tunnel. Nur ein schmales Stück Himmel schimmerte durch die Zweige. Ein riesiger ultramarinblauer Schmetterling flatterte vor ihnen her, hob sich, senkte sich und traf sich mit einem Gefährten. Spielend, als versuchten sie sich zu fangen, verschwanden sie in der Ferne. Sheba konnte ihre schillernden Flügel noch lange mit bloßem A ge verfolgen.
Niemand sprach. Mayaku hockte im Bug und Jonny im Heck. Sie tauchten die Paddel leise ins Wasser, schoben das Kanu vorwärts, ließen es treiben und bewegten sich ohne Hast. Ein Tukan hockte auf einem Busch und äugte neugierig zu ihnen herunter. Er drehte und bewegte leicht den Kopf mit dem großen schwarzgelben Schnabel. Erst, als das Kanu unter seinem Ast hindurch fuhr, erhob er sich und flog davon. Lianen und Luftwurzeln hingen ins Wasser. An einigen Stellen bildete das Mangrovendickicht ein nach hinten unbegrenztes Labyrinth.
Mayaku legte das Paddel weg und holte die Angel aus der Tasche. Er

befestigte ein Stück Fischmagen am Haken. Dann langte er mit der Hand ins Wasser, schlenkerte ein paarmal hin und her und warf die Angel aus. Schon nach kurzer Zeit zog und zerrte es an der Leine. Ein mittelgroßer, silbriger Fisch fiel auf den Boden des Kanus. Verzweifelt schlug er mit der Schwanzflosse um sich, und die großen Kiefer klappten auf und zu. Sein Bauch war rot, wie in Blut getaucht.
„Un Piranha", sagte Mayaku grinsend. Er pflückte von einem über das Boot hinweggleitenden Ast ein Blatt und hielt es dem Fisch zwischen die Kiefer. Mit einem einzigen Biß schnitt dieser ein großes Loch in das dickwandige Blattgewebe.
„Zahmes Fischchen!" spottete der Junge. Sheba schluckte. Sie hatte schon oft von den gefräßigen Piranhas gehört, die angeblich in wenigen Minuten einen in den Fluß gefallenen Menschen töten und bis zum Skelett abnagen können.
„Fahr weiter!" rief Jonny von hinten. „Mach keine dummen Witze! Du erschreckst sie."
Aber Sheba wollte nicht, daß man Rücksicht auf sie nahm. „Misch dich nicht ein!" fauchte sie Jonny an.
„Wie du willst", sagte dieser achselzuckend. „Ich habe es bloß gut gemeint."
„Es ist meine Sache, ob ich Angst habe oder nicht", fügte Sheba unfreundlich hinzu.
„Weißt du was, du kannst mich mal ..." Wütend holte Jonny die Kamera aus dem kleinen Blechkoffer und wechselte das Objektiv. „Laß mich bei der nächsten Gelegenheit an Land!" befahl er Mayaku, „ich will das Kanu fotografieren!"
Aber sie fanden keine Stelle, an der Jonny an Land gehen konnte, weil es nämlich gar kein Land gab. Sie befanden sich in einem Sumpfgebiet. Überall um sie herum standen oder lagen die Bäume im Wasser. Als sie das erkannten, ließ sich Jonny auf einem toten Baumstamm absetzen. Er robbte auf ihm entlang, bis er einen einigermaßen sicheren Sitzplatz in einer Astgabel gefunden hatte. „Beweg das Kanu!" rief er Mayaku zu, und der Indianerjunge ruderte es hierhin und dorthin, genau wie Jonny es wollte.
Es war das erste Mal, daß Sheba allein mit Mayaku war.

„Ich muß die Zeit nützen", dachte sie. Sie hatte Mayakus Diebstahlversuch gedeckt, und das gab ihr einen Vorteil.
„Warum versuchst du immer wieder, den Jaguar an dich zu bringen?" fragte sie. Stehlen hatte sie sagen wollen, aber dann war ihr das Wort unpassend vorgekommen.
„Weil er mir gehört", sagte Mayaku bockig.
„Aber du bekommst ihn doch, wenn wir bei deinem Volk sind." Darauf gab er keine Antwort, lächelte nur und tauchte ein ums andere Mal das Paddel ins Wasser. Er saß jetzt im Heck des Kanus, und Sheba hatte sich umgedreht, um ihm ins Gesicht sehen zu können.
„Bring es dort über den Lichtfleck – ja – so ist's gut – nur langsam!" rief Jonny, und Sheba hörte das Klicken der Kamera. Es war nicht laut, aber es klang so technisch fremd, und das störte sie. Als sie Mayakus Lächeln entdeckte, fiel ihr etwas ein, was sie ihn schon lange fragen wollte: „Warum hast du gelacht, als du sagtest, der Ayamamavogel brächte einem von uns den Tod? Hast du keine Angst zu sterben?"
„Wir sterben nicht so wie andere Menschen", erklärte ihr der Junge, und seine Stimme klang, als wüßte er, daß er etwas Besseres, Außgewähltes war. „Wir begeben uns nur auf eine lange Wanderung und kommen später wieder zurück."
„Als Mensch?"
„Als Mensch oder Tier, das ist verschieden."
Irgend etwas an diesem Satz kam Sheba so vor, als habe sie es schon einmal gehört. Aber es fiel ihr nicht ein, wann das gewesen war.
„Die meisten Menschen haben nur Angst vor dem Tod, weil sie glauben, daß dann alles aus ist. Wir wissen, daß nichts aus ist. Deshalb habe ich gelacht, als Juan euch nicht sagen wollte, was der Vogelruf bedeutet. Es ist doch nichts dabei?"
Mayaku lächelte wieder, und Sheba sah ihn erstaunt an. Daß jemand so über den Tod sprach, hatte sie noch nie gehört. Sie mußte darüber nachdenken.
„Sheba, komm her!" schrie Jonny. Mayaku wendete das Kanu und holte ihn wieder ab.
„Habt ihr auch Hunger?"
Und als Jonny dies fragte, bekam Sheba Lust auf eines von Juans

Sandwiches. Sie aßen im Boot. Mayaku schenkte ihnen aus einer Flasche kalten Tee ein, der köstlich erfrischte.
„Ob Juan und Pablo den Motor wieder in Gang bringen?“ fragte Jonny. Doch niemand ging auf seine Frage ein. Sie fuhren weiter. In den schmalen Wasserläufen wurde es düster. Nur dort, wo ein Baum gestürzt war, drang etwas Sonnenlicht bis zur Wasseroberfläche durch. Es verteilte sich als diffuser Lichtfleck, der seine blitzenden Reflexe in die Umgebung schickte. Eine kleine Schlange hing an einem Ast, hinter ihr wucherte ein Zweig mit gelbroten Orchideen. Ab und zu sprang ein Fisch aus dem Wasser, und auf einem Baumstumpf hockte dösend eine Schildkröte. Wespen- und Ameisenbauten klammerten sich an die Zweige, und die langen Beutel der Webervögel schwankten bei dem kleinsten Luftzug. Es war schwülheiß. Ein Eisvogel huschte über das Wasser, pfiff durchdringend, rüttelte, stieß nach unten und tauchte mit einem kleinen Fisch im Schnabel wieder auf. In den Sträuchern torkelten Schopfhühner herum. Pablo hatte Sheba von diesem Urvogel erzählt, dessen Jungtiere noch Krallen an den Flügeln hatten, damit sie in den Ästen einen besseren Halt finden konnten.
Die Sonne war längst über ihren Höhepunkt hinaus. Sie mußten sich beeilen, wenn sie vor Einbruch der Dunkelheit wieder am Lagerplatz sein wollten.
Während Jonny und Mayaku paddelten, hing Sheba ihren Gedanken nach. Juan hatte ihnen soviel von Geistern, Dämonen und Buschseelen erzählt, und wenn sie in das geheimnisvolle Dunkel des Sumpfes unter dem dichten Blätterdach blickte, wunderte sie sich nicht mehr, wie solche Geschichten entstanden. Niemand konnte wissen, was hinter den nächsten Stämmen auf ihn lauerte. Alles war ungewiß.
Draußen am Fluß ging die Sonne unter. Als sie das Lager erreichten, deutete Pablo aufgeregt nach Nordwesten. Da stand in der Ferne ein Höhenzug am Horizont. Es war kaum mehr als ein blauer Schatten, und es sah so aus, als käme der Fluß genau von dort.
„Das ist es“, sagte Pablo verzückt. „Das sind die Berge, in denen Mayakus Volk zu Hause ist.“

15. Kapitel

Am nächsten Tag war der Himmel bedeckt. Juan war schon auf, als Sheba erwachte. Er stand im Boot und hantierte am Motor. Knatternd und spuckend sprang der Diesel an, setzte aus und sprang wieder an, als ihn der Mestize abermals startete. Das weckte auch die anderen. Sie hatten beschlossen, früh loszufahren, um wenigstens einen Teil der Strecke, die sie gestern nicht geschafft hatten, aufzuholen. Frühstück und Lagerabbruch gingen in großer Hast vor sich. Sheba verbrannte sich die Lippen, als sie versuchte, den kochend heißen Kaffee herunterzuschütten, und Jonny stieß in der Eile einen Becher um. In kürzester Zeit war alles verpackt, und Juan legte ab.

63. Tag, schrieb Sheba in ihr Heft.

Heute nacht bin ich aufgewacht, und weil ich nicht gleich wieder einschlafen konnte, habe ich über das nachgedacht, was Mayaku über den Tod sagte. Wenn die Indianer glauben, daß der Tod nur das Ende eines Lebensabschnittes bedeutet, dann wundert es mich nicht, wenn sie ihm oft furchtlos, manchmal sogar freudig entgegensehen. Ich wollte, ich könnte auch so denken. Es macht alles einfacher. Vielleicht hast Du erwartet, daß wir aufregendere Abenteuer bestehen, von einer Anakonda angegriffen werden oder mit Kaimanen zu kämpfen hätten, aber für mich sind diese Erzählungen Juans und Mayakus ebenso abenteuerlich und aufregend, wie das andere es sein würde. Gestern abend berichtete Juan noch über die Aufgabe der Medizinmänner. Er sagte, der Indianer glaube, daß ihm eine Krankheit immer entweder von einem Feind oder einem Dämon geschickt wird. Sie kann nur von einem Medizinmann durch Zauber behoben werden. Dämonen schicken Krankheiten meistens als Bestrafung für die Übertretung eines der Gesetze, die die Gemeinschaft zusammenhalten. Juan erzählte weiter, daß dieser Glaube durch die Arbeit der weißen Ärzte oft gestört wird. Mit ihren Medikamenten beweisen sie den Indianern, wie einfach es oft ist, eine Krankheit zu heilen, und daß dazu kein Zauberer gebraucht wird. Sie vermindern die Furcht vor den Folgen einer Gesetzesübertretung. Der

Medizinmann wird überflüssig, und viele Gemeinschaften zerfallen.
Sheba steckte das Heft weg und sah auf den Fluß. In großen Windungen bahnte er sich seinen Weg durch die Wildnis. Immer öfter kamen sie an kleinen Inseln vorbei und mußten auf Sandbänke achtgeben, auf denen weißgebleichte Baumgerippe lagen. Ab und zu ragten tote Äste aus dem Wasser. Sie dienten den Vögeln als Sitzplätze und warnten Juan vor flachen Stellen. Im Laufe des Tages besserte sich das Wetter. Nach einem kurzen Regenschauer klarte es auf. Als die Sonne am Mittag direkt über ihnen stand, teilte Pablo eine Dose Corned beef unter ihnen auf. Dazu gab es Schiffszwieback und zum Trinken Limonade. Später holte er die Karte heraus.
„Weißt du, wo wir sind?" fragte ihn Sheba.
„Ich nehme an, hier. Dort mündete der letzte größere Fluß ein." Er zeigte es dem Mädchen. „Aber ich bin nicht sicher. Hier verändern die Flüsse ihren Lauf nach jedem großen Hochwasser. Inseln verschwinden. Neue Inseln entstehen und sind rasch mit Vegetation überzogen. Nein, genau kann ich es nicht sagen, wo wir uns befinden. Erst, wenn wir die Stelle erreicht haben, an der die beiden Quellflüsse zusammenfließen, wissen wir es wieder."
„Und wie lange dauert das noch?" fragte Jonny, dem alles viel zu langsam ging.
„Ein oder zwei Tage, vermutlich", sagte Pablo.
Am späten Nachmittag entdeckte Juan ein am Ufer vertäutes Kanu. Und weil ihm die Gelegenheit günstig erschien, machte er mit dem Boot daneben fest. Ein kleiner Junge stand auf der Böschung und betrachtete das Anlegemanöver. Er machte keine Anstalten, ihnen entgegen zu kommen, starrte nur feindselig auf sie herab und lief schließlich davon.
„Jonny, Sheba und Mayaku bleiben hier!" Mit einem warnenden Blick auf Shebas Reisesack gab Pablo seine Anordnungen. „Juan und ich erkunden die Siedlung."
Sie kletterten die Böschung hoch und verschwanden.
Als sie zurückkamen, befanden sich der kleine Junge und ein weißer Mann in ihrer Begleitung. Er trug eine lange, mehrmals geflickte und verblichene Kutte.
„Das ist meine Tochter Sheba", sagte Pablo förmlich, „Jonny, unser

Fotograf, und Mayaku." Er machte eine kleine Pause. „Darf ich euch Pater Enrique vorstellen. Er leitet hier eine Mission."

„Aber Pablo", hielt Jonny ihm entgegen," hier gibt es keine Missionen mehr, hast du gesagt."

„Pater Enrique lebte vorher woanders. Als der Indianerstamm, für den er eine Kirche errichtet hatte, den Ort verließ, um weiterzuwandern, zog er mit ihnen und baute eine neue. Niemand konnte das wissen. Offensichtlich gilt er als verschollen."

„Seid willkommen!" begrüßte sie Pater Enrique. Sein Spanisch klang ungewöhnlich hart und holprig. Er mußte die Worte suchen, bevor sie ihm einfielen, und er war offensichtlich nicht mehr gewöhnt, sich in dieser Sprache auszudrücken. Neugierig musterte er sie alle. Sein Blick streifte über Sheba, zeigte Erstaunen, ein Mädchen in der Wildnis zu treffen, fuhr weiter über Jonny und Juan zu Mayaku und hielt auf einmal an, als er die Tätowierung auf Mayakus linker Hand entdeckte.

„Woher kommt er?" fragte er Pablo verwundert, wohl wissend, daß Mayaku ihm eine solche Frage nicht beantworten würde.

„Warum wollen Sie das wissen?" Pablo hatte den Blick des Paters bemerkt.

„Er hat ein Zaubermal auf der Hand. Ich habe es schon einmal bei einem Indianer gesehen."

„Wo und wann?"

„Bei einer Leiche", sagte der Pater. „Wir fanden sie auf einer Sandbank mitten im Fluß."

„Und . . .?"

„Es war ein uralter Mann. Er trug das gleiche Zeichen auf der Brust wie der Junge hier. Keiner von uns wußte, zu welchem Volk er gehörte. Ich kann mich noch gut an ihn erinnern . . ."

Der Pater stockte.

„Warum?" fragte Jonny.

„Er war verkrüppelt. Ein Fuß war verwachsen."

„Das kann vorkommen." Für Pablo war das nichts Ungewöhnliches. Während Pater Enrique erzählte, hatte Mayaku scheinbar unbeteiligt zugehört. Er verzog keine Miene, und doch glaubte Sheba so etwas wie ein Blitzen in seinen Augen beobachtet zu haben.

„Sie sind meine Gäste", sagte der Pater. „Ich freue mich über Ihren Besuch. Kommen Sie bitte mit!"
Pablo, Sheba, Jonny und Juan schulterten ihre Reisesäcke und kletterten auf glitschigen Stufen die Böschung hoch. Mayaku wollte beim Boot bleiben.
„Was haben Sie vor?" fragte der Pater, während sie auf einem schmalen, wenig benutzten Pfad der Mission zustrebten.
„Wir wollen Mayakus Volk suchen", erklärte Pablo und erzählte ihm von dem Buch, das er gelesen hatte, von den Zeitungsberichten über den Jungen und seiner Vermutung, daß sein Volk bisher noch von keinem Weißen gesehen worden sei, und daß er annahm, es gehöre zu einer unbekannten Hochkultur.
Der Pater hatte aufmerksam zugehört. „Und wo glauben Sie, dieses Volk zu finden?" fragte er, als Pablo fertig war.
„Irgendwo flußaufwärts."
Sie waren auf einer kleinen Lichtung angelangt, auf der ein paar kümmerliche Hütten standen.
„Ich muß Sie enttäuschen", sagte der Pater, „das geht nicht."
„Warum nicht?"
„Niemand kommt durch die Stromschnellen, denn flußaufwärts steigt das Gelände an. Dort hat sich der Fluß ein tiefes Bett gegraben. Er zwängt sich durch mehrere Schluchten, die nicht befahrbar sind."
„Aber der Karte nach teilt er sich vorher in zwei Arme!"
„Das ist gleich. Sie sind beide unpassierbar!"
Sie steuerten auf eine der Hütten zu. Eine in einen Baumstamm gehauene Treppe führte auf die obere Plattform.
„Vielleicht kann man die Schluchten zu Fuß umgehen", sagte Jonny.
„Das ist unmöglich." Der Pater schüttelte den Kopf. „Die Hänge an ihren Seiten sind dicht bewachsen. Da kommt niemand durch."
„Wir wollen es trotzdem versuchen."
Sie legten ihr Gepäck auf den Boden der auf vier Seiten offenen Hütte. Ein Papagei schaukelte im Dachstuhl, und an einem der Balken hing eine Hängematte.
„Das ist mein Haus." Pater Enrique zeigte mit einer stolzen Handbewegung auf alles: „Ist es nicht schön hier?"

„Ein bißchen karg", murmelte Jonny so, daß es der Hausherr nicht hören konnte.
„Wenn Sie wollen, zeige ich Ihnen gleich noch die Kirche."
Ohne eine Antwort abzuwarten, kletterte er auf den Erdboden zurück und lief in großen Schritten über den Platz. Äußerlich unterschied sich die Kirche nicht von den anderen Häusern. Nur eine kleine Glocke im Giebelbalken und die Einrichtung zeigten, daß sie sowohl als Kirche, als auch als Versammlungsraum verwendet wurde. Der Altar bestand aus einem mit einem Brett abgedeckten Indianerkanu. An einem Pfosten hinter ihm hing ein einfaches Kruzifix.
„Unser Taufbecken ist eine hölzerne Schüssel, die früher zum Goldwaschen verwendet wurde", erklärte Pater Enrique. „Und die Bänke wurden aus schmalen Chontapalmstämmen gezimmert. Morgen ist Sonntag; wenn Sie wollen, halte ich eine Andacht auf Spanisch. Ich habe schon lange keine spanische Andacht mehr gehalten!"
Pablo hatte entgegnen wollen, daß sie eigentlich vorhatten, früh aufzubrechen, um den verlorenen Tag wieder gutzumachen, doch als er aus den Worten des Paters heraushörte, wieviel Freude es ihm machen würde, einmal wieder eine Sonntagsandacht auf Spanisch halten zu dürfen, schwieg er.
Später aßen sie gegrilltes Wasserschwein und tranken Maniokbier dazu.
„Sie lehren die Indios das Christentum", sagte Jonny kauend.
„Warum?"
Der Pater sah ihn erstaunt an: „Das ist meine Aufgabe. Sie kennen doch sicher Matthäus 28, Vers 19 und 20?"
„Ich bin nicht bibelfest", entgegnete Jonny grinsend.
„Darum geht hin, sprach der Engel des Herrn, und machet zu Jüngern alle Völker, indem ihr sie taufet auf den Namen des Vaters, des Sohnes und des Heiligen Geistes", rezitierte der Pater.
„Und was geschieht mit Tsungi, Chulla Chaqui und den anderen?" fragte Sheba.
„Ich versuche, ihnen zu erklären, daß alle ihre Dämonen nur den Satan verkörpern."
„Und das glauben sie?" fragte Pablo verwundert. „Sie verzichten ohne weiteres auf ihren jahrtausendealten Glauben?"

„Man muß es ihnen nur überzeugend genug darlegen. Dann lassen sie sich taufen."

Es war dunkel geworden. Die Zikaden vereinigten ihr Zirpen zu einem überwältigenden Chor. In den Häusern flammten kleine Feuer auf. Ab und an überquerte ein Indianer die Lichtung. Sheba holte ihr Heft heraus und schrieb:

Ich glaube nicht, daß die Indianer, nur weil ihnen irgend jemand etwas von einem anderen Gott erzählt, ihre Götter und Dämonen so ohne weiteres fallenlassen. Sie lieben den Pater, weil er sich um sie kümmert, ihre Sprache gelernt hat und nach ihnen sieht, wenn es ihnen schlecht geht. Vielleicht lassen sie sich nur taufen, um ihm einen Gefallen zu tun, und sehen in Wirklichkeit keinen Unterschied zwischen Gottvater und Tsungi, dem Walddämon?

Mit dem Fortschreiten der Nacht überfiel sie die Müdigkeit. Sie spannten ihre Hängematten auf und gingen schlafen. Am anderen Morgen erklärte der Pater den in der Kirche wartenden Indianern, daß er diesmal auf Spanisch den Gottesdienst halten würde, daß sie aber genauso andächtig zuhören sollten, wie wenn er in ihrer Sprache spräche.

Sheba ging selten in die Kirche, aber diese Messe mitten in der Wildnis bewegte sie. Pater Enrique hatte seine Worte auf die Indianer abgestimmt. Seine Stimme klang überzeugend: „Die Erde ist eine Quelle von Wohltaten. Sie gibt Nahrung, Kleidung, Obdach, die Jahreszeiten, heilende Kräfte, Schönheit. Die Erde ist die Nährerin des Lebens. Daher wird sie Mutter genannt. Gott, der Schöpfer und Ursprung allen Lebens, heißt der große Geist. Mutter Erde spricht: ‚Höret meine Kinder!'"

Kreischend flatterte ein Schwarm kleiner grüner Papageien über die Lichtung. Es war schwül zwischen den Bäumen. Kein Lufthauch brachte Erfrischung. Sie war froh, als die Messe zu Ende war. Pater Enrique begleitete sie bis ans Ufer. Er winkte noch lange, nachdem das Boot abgelegt hatte. Seine Gestalt wurde immer kleiner und verschwand schließlich, als sie um die nächste Flußbiegung fuhren.

16. Kapitel

„Juan", sagte Sheba, „du hast dich gestern nicht an der Unterhaltung beteiligt. Mich würde interessieren, was du zu Pater Enrique sagst?" Sie hockte neben ihm unter dem kleinen Schutzdach und sah zu, wie er das Boot steuerte.
„Ich bin Christ", sagte Juan, ohne den Blick vom Fluß zu wenden.
„Du bist also für die Missionierung?"
„Die Patres haben mit vielen Mißständen aufgeräumt."
„Mit was?"
„Mit der Käfighaltung der Frauen, zum Beispiel."
„Mit was?" schrie Sheba entsetzt.
„In einer bestimmten Gegend nordwestlich von hier", berichtete Juan, „war es der Brauch, daß der Mann seine Frau nach der Hochzeit so lange in einen Käfig steckte, bis er für sie ein Haus gebaut hatte."
„Aber warum denn?"
„Damit kein anderer Mann ihm in der Zwischenzeit die Frau wegnähme."
„Und wie lange dauerte das?"
„Je nachdem, wie faul der Mann war, konnte es mehrere Wochen dauern. Nur die Mutter durfte einmal am Tag ihre Tochter aus dem Käfig holen und mit ihr spazierengehen."
„Wie schrecklich!" stöhnte Sheba.
„Diese Unsitte haben die Missionare verboten. Das gibt es nicht mehr."
Am Himmel schoben sich wieder einmal Wolken zusammen. Weiter hinten regnete es.
Sheba dachte nach. Daß die Patres eine so grausame Sitte verboten hatten, fand sie gut. Trotzdem blieben ihr Zweifel über den Sinn einer Missionierung. Sie kletterte über das Gepäck nach hinten und hockte sich in der Nähe des Hecks auf die Bank. Der Motor lief gleichmäßig, sie kamen rasch vorwärts. Allmählich wurde der Fluß immer flacher. Kleine Wirbel im lehmig rotbraunen Wasser zeigten an, daß der Wasserstand nicht tief genug war, um das Boot darüber hinwegzutragen. Manchmal

schleifte der Kiel über den Grund. Dann riß Juan das Steuer herum und wechselte zum anderen Ufer. Dort, wo es stetig in einer Richtung floß, waren die Uferböschungen steil und abgebröckelt. Das waren die Zeichen, auf die er achten mußte, wenn er das Boot ohne Schwierigkeiten an allen Untiefen vorbeiführen wollte. Gegen Mittag ging ein heftiger Gewitterregen nieder. Sheba hatte sich ihre Jeans bis zum Knie hochgekrempelt. Sie hatte die Schuhe ausgezogen, sich den Anorak über den Kopf gehängt und lauschte auf das Prasseln der Tropfen auf dem Palmbüscheldach des Bootes.

Es ging rasch vorbei. Danach gab es einiges zu tun. Das eingedrungene Wasser mußte ausgeschöpft werden. Pablo zog sein nasses Hemd aus und ließ es im Fahrtwind trocknen, und Jonny überprüfte seine Kameras.

Am späten Nachmittag erreichten sie die Stelle, an der zwei gleich große Flüsse sich zu dem vereinigten, auf dem sie sich gerade befanden.

„Was machen wir jetzt?" fragte Jonny. Juan drosselte den Motor und brachte das Boot langsam bis zur Landzunge zwischen beiden Mündungen. Anstelle Mayakus, der zwischen dem Gepäck schlief, sprang Pablo ans Ufer. Er zerrte das Tau durch dichtes Bambusgestrüpp und schlang es um einen Balsabaum.

„Das ist kein guter Platz, um an Land ein Lager aufzuschlagen", rief er. „Wir bleiben heute nacht im Boot!"

Die Strömung zog das kleine Schiff flußabwärts, und das Tau straffte sich. Von diesem Ruck wachte Mayaku auf.

„Was ist?" fragte er verschlafen.

„Wir warten darauf, daß du uns sagst, welchen Fluß wir nehmen sollen", sagte Jonny.

„Das geht nicht in der Sonne", erwiderte Mayaku.

„Dann warten wir eben, bis es Nacht ist." Pablo holte die Karte heraus. Er suchte den Zusammenfluß der beiden Gewässer, und als er ihn gefunden hatte, betrachtete er lange die Kartenmarkierungen oberhalb davon.

„Bald wird das Gelände ansteigen", sagte er. „Pater Enrique hat recht. Aber wir werden schon irgendwie durchkommen. Es kann nicht mehr allzuweit sein."

Die Sonne ging in einem blutroten Strahlenkranz unter. Wie Scherenschnitte ragten die Äste eines toten Baumes ins Licht. Auf einem war die Silhouette eines Reihers erkennbar. Die rosafarbenen Wolken stiegen langsam höher und verschmolzen zu langen Fahnen. Erst als der letzte Sonnenstrahl hinter den Kronen der Bäume verlöscht war, färbten sie sich wieder dunkel. Es war schwül. Der Regen hatte nur eine kurze Erfrischung gebracht. Die Dämmerung war die Zeit der Moskitos. Mayaku fing ein paar Fische, und Juan briet sie in der Pfanne über dem Gaskocher.

Immer wieder flogen Mücken und Nachtschmetterlinge in die kleine Flamme und verbrannten.

„Erzähl uns noch etwas, Juan!" bat Sheba, als sie fertiggegessen hatten.

„Was willst du hören?" fragte der Mestize.

„Irgendeine Geschichte", sagte Sheba.

„Ich könnte euch das Märchen über den Ursprung des großen Stromes erzählen, so wie es sich die Indianer überliefern."

„Oh, ja bitte!"

„Vor langer Zeit", begann Juan, „war die Mondfrau mit dem Sonnengott verlobt. Fände diese Hochzeit aber statt, so würde sie das Ende der Welt bedeuten, denn die feurige Liebe des Sonnengottes würde sie verbrennen. Deshalb entschlossen sich die beiden, nicht zu heiraten. Sie trennten sich, aber die Mondfrau weinte Tag und Nacht. Ihre Tränen flossen auf die Erde und bis zum Meer. So entstand der große Fluß."

Nur ein schwacher Schimmer im Westen zeigte die Stelle an, wo die Sonne untergegangen war. Die Dunkelheit umhüllte alles. Erst, als der Mond aufging, wurde es wieder heller. Seine rechte Hälfte verschwamm in der Nacht, und Sheba mußte an den Ayamamavogel denken, der prophezeit hatte, daß einer von ihnen vor dem nächsten Mondwechsel sterben müßte. Es war nicht mehr allzulange hin.

„Juan", fragte sie, „hast du den Ayamamavogel schon einmal gesehen?"

„Den hat noch niemand gesehen", antwortete Juan zurückhaltend

„Und ich bin auch nicht scharf drauf."

Durch ein Loch in den Wolken über ihnen blitzten ein paar Sterne. Mayaku lehnte sich weit nach hinten über die Bordwand und blickte nach oben.

„Der Jaguar", murmelte er leise, doch so, daß es alle hören konnten, „er zeigt den Weg."

Dann sprang er plötzlich auf und deutete nach rechts. „Dahin!" rief er und dann noch einmal: „Dahin! Aber ihr werdet es nicht schaffen! Ihr seid Gringos, und noch nie hat ein Gringo den Fuß auf unser Land gesetzt oder mit Tamazul, dem Seltsamen, ein Wort gewechselt. Es ist unmöglich!" Und dann lachte er schallend. „Er wird es nicht zulassen – niemals!"

Es war kein fröhliches Lachen.

„Du bist bei uns, Mayaku", sagte Pablo streng. „Du wirst uns zu deinem Volk bringen, wie du es versprochen hast. Niemand wird euch etwas zuleid tun. Darauf gebe ich dir mein Wort. Aber wenn du uns in die Irre führst, bekommst du den Jaguar nicht. Dann werde ich ihn eigenhändig verbrennen, und du darfst zusehen. Das kannst du mir glauben!"

Da schwieg Mayaku betroffen.

An diesem Abend schrieb Sheba im Licht einer Taschenlampe in ihr Heft:

64. Tag. Heute habe ich das erste Mal so etwas wie Angst gehabt. Wenn Du Mayaku lachen gehört hättest, würdest Du mich verstehen. Es klang unheimlich, drohend, und so, als habe er etwas Böses vor. Wer ist Tamazul, der Seltsame? Vermutlich ist ihm der Name aus Versehen entschlüpft. Ist es der Häuptling seines Volkes? Auch der abnehmende Mond hat mir Angst gemacht. Für einen von uns ist die Frist bald abgelaufen. Ich weiß, was Du denkst. Jetzt wird sie abergläubisch, denkst Du, und glaubt jedes Geschwätz, aber ich bin fest davon überzeugt, daß Du mich verstehen würdest, wenn Du hier bei uns wärst. Morgen fahren wir den rechten Flußarm hoch. Mal sehen, was geschieht, wenn wir an die Stromschnellen kommen. Juan meint, daß wir irgendwann vielleicht das große Boot zurücklassen müssen und mit dem Kanu weiterfahren. Vielleicht müssen wir auch zu Fuß gehen.

Sheba steckte das Heft wieder in ihren Sack und holte den Jaguar heraus. Sie betastete seine schlanke Gestalt und suchte das eingebrannte Zeichen. Mit der Kuppe ihres rechten Zeigefingers fuhr sie die Linien nach. Dann schob sie ihn wieder zwischen ihre Wäsche. Sie ordnete das Moskitonetz über sich und schlief ein.

17. Kapitel

Am anderen Morgen war der Himmel klar. Als Sheba erwachte, hämmerten zwei Spechte in den Stamm eines in der Nähe ihres Liegeplatzes stehenden Baumes. Ihre gelbschwarzen Köpfchen fuhren blitzschnell vor und zurück, damit der Schnabel das Holz aufreißen konnte. Es klang wie ein Maschinengewehrfeuer. Leise schwankte das Boot hin und her. Auf der Bordwand hockte eine große Zikade. Sie war starr von der Nachtkühle, und ihre riesigen glasklaren Flügel lagen ordentlich übereinandergefaltet über dem grauen Leib.
Pablo und Jonny unterhielten sich flüsternd.
„Ich bin wach", sagte Sheba laut.
„Wie hast du geschlafen?" fragte Pablo.
Sheba überlegte, wie sie geschlafen hatte. Sie war inzwischen sehr an ihre Hängematte gewöhnt. Der harte unebene Bretterboden des kleinen Schiffes war unbequem. Sie hatte Kopfweh. Pablo gab ihr eine Tablette.
Nach dem Frühstück legten sie ab. Juan brachte das Boot in die Strömung, wendete dann seinen Bug in den rechten Flußlauf und gab Gas. Aber er bekam große Schwierigkeiten. Der Fluß war breit und flach. Er führte nur noch halb so viel Wasser mit sich als nach dem Zusammenfluß. Juan mußte kreuzen. Der Kiel schleifte über Grund. Dann blieb das Boot zum erstenmal hängen. Juan ließ es von der Strömung rückwärts treiben, bis es frei war, und versuchte es an einer anderen Stelle von neuem. Es war sehr mühsam. Pablo stand vor dem kleinen Steuerhaus im Bug und stocherte mit einer langen Stange.
„Aqui!" schrie er dem Mestizen zu –, oder „aqui no". Und Juan richtete sich danach.
Später, als das Gelände anstieg, rückten die Ufer näher zusammen. Die Strömung wurde stärker und das Wasser etwas tiefer. Jetzt mußte der Motor hart arbeiten, um das Boot das Gefälle hochzubringen. Sie kamen nur langsam voran. Während des ganzen Vormittags hockte Mayaku völlig unbeteiligt im Heck des Bootes. Er sah ruhig mit an, wie Pablo und Juan sich abmühten, und auch als Jonny zu einer langen Stange griff, um

das festgefahrene kleine Schiff wieder frei zu staken, rührte er keinen Finger. Der Wind blies ihm die langen schwarzen Haare wie einen Vorhang vor die Augen, und Sheba versuchte vergeblich zu erraten, was er dachte.

Die erste Stromschnelle schaffte Juan noch mit dem vollbeladenen Boot. Er suchte sich einen günstigen Weg durch die Verblockung des Flusses, fand eine breite Wasserwalze, die sich zwischen zwei großen Steinen abwärts zwängte, und nahm einen Anlauf. Für einen Augenblick sah es so aus, als würde die Gewalt des Flusses das kleine Boot wieder nach unten drücken. Es schien mitten in den tosenden Wassermassen stehenzubleiben. Die Schraube surrte hoch und schnell, als sie kurz auftauchte. Doch dann gewann das Boot wieder an Fahrt, ruckte allmählich vorwärts, bis es genügend Wasser unter dem Kiel hatte, um in der gleichmäßig daherkommenden Strömung seine Fahrt fortzusetzen.

Auf dem Höhepunkt des Kampfes Boot gegen Wasserkraft hatte Sheba den Atem angehalten. Sie hatte versucht, sich leicht zu machen, um dem Boot zu helfen. Alle ihre Muskeln spannten sich an und wurden bretthart, bis es schmerzte. Erleichtert atmete sie auf, als die Stromschnelle hinter ihnen lag.

Die Sonne stand schon weit im Westen, als ihnen das nächste Mal der Fluß in einem starken Gefälle entgegenkam. Juan musterte die Uferhänge, um Länge und Steilheit der Schnelle abzuschätzen. Dann befahl er, daß alle außer ihm das Boot verlassen müßten, um es zu erleichtern und ihm etwas Tiefgang zu nehmen. Pablo, Jonny, Sheba und Mayaku sprangen an einer seichten Stelle ins Wasser und kletterten über klobige Felsblöcke flußaufwärts, während der Mestize Boot und Kanu nach oben brachte.

„Es wird immer schwieriger", sagte er, „ich weiß nicht, ob wir es schaffen!"

Doch Pablo war unerbittlich. „Wir können ja noch das Gepäck tragen", schlug er vor. „Das macht es noch leichter."

Bei der dritten Stromschnelle trugen sie ihre Reisesäcke. Sie keuchten unter der Last, während ihre Füße immer wieder auf den nassen Felsen ausglitten und ihre Hände vergeblich an der Uferböschung nach Halt suchten.

An diesem Abend war Sheba so müde wie noch nie zuvor in ihrem Leben. Sie nahm kaum mehr wahr, daß Juan einen schönen Lagerplatz am Ufer eines Nebenflusses gefunden hatte, und hörte nur von fern seine Schläge mit der Machete. Sie sah ohne Interesse, daß Mayaku seine Zeichen in die Bäume rings um das Lager schnitzte und kleine Kräuterbüschel in den Boden steckte.

Sie hatte keinen Hunger mehr und keine Lust, eine Geschichte zu hören oder in ihr Heft zu schreiben. Als Pablo ihre Hängematte befestigt hatte, kroch sie hinein und schloß das Moskitonetz über ihrem Kopf, obwohl die anderen noch lange beim Feuer saßen. In der Nacht träumte sie von dem Bild über ihrem Bett zu Hause. Sie sah, wie der dunklen Gestalt die Haare ins Gesicht flogen, so wie sie Mayaku ins Gesicht geflogen waren, und sie hörte die Flöte, von der sie annahm, daß sie ihr eine Geschichte erzählen wollte.

Am nächsten Tag mußten sie noch einmal eine Stromschnelle umgehen. Juan brachte das Boot über mehrere Stufen im Fluß nach oben, während Pablo, Sheba, Jonny und Mayaku das Gepäck außen herum schleppten. Die Uferwände waren so steil und das Wasser am Rand so tief und reißend, daß sie einen großen Umweg machen mußten. Mayaku schlug mit der Machete die Sträucher weg, die ihnen im Weg waren.

Einmal kreuzte eine Kolonne Blattschneidermeisen ihren Pfad, und Pablo setzte kurz seine Last ab, um Sheba zu erklären, daß sie die Blätter in kleine Stücke schnitten, um sie heimzutragen und eine Pilzkultur auf ihnen zu züchten.

„In Wahrheit sind sie fabelhafte Landwirte", sagte er, „wir können von ihnen lernen."

Sheba betrachtete staunend die Prozession der kleinen Insekten. Sie war froh über die Pause und Pablo dankbar für die Ablenkung. Juan erwartete sie schon mit dem Boot. Er löste Sheba ab, damit sie den Weg nicht zweimal zu gehen brauchte, denn sie trugen alles, was beweglich war, um das Boot zu entlasten.

Sheba setzte sich auf die Bank hinter dem Steuerrad und wartete. Es war still um sie her. Juan hatte den Motor abgestellt. Das Boot schwankte leise in der Strömung. Nur ein paar Frösche riefen in der Nähe. Ihr Quaken kam Sheba wie der Pulsschlag des Flusses vor. Sie fühlte mit dem Daumen nach ihrem eigenen und hoffte auf eine Übereinstimmung. Aber ihr Puls war schneller. Auf einem Baum am Ufer turnten einige Wollaffen herum. Sie klammerten sich mit ihren langen Schwänzen an den Zweigen fest und rissen Blätter von den Ästen. Zwei Jungtiere spielten Fangen, während die Alten ihnen unbeteiligt zusahen. Einer äugte zu Sheba hinunter, ließ sich aber nicht stören, als sie aufstand, um das Fernglas zu holen. Sie hatten kleine runde Gesichter, und ihre Knopfaugen blitzten fröhlich.

Rascher, als Sheba erwartet hatte, kamen die Männer mit dem restlichen Gepäck. Die Fahrt ging weiter.

Dieses Mal bewältigten sie ein großes Stück ohne Schwierigkeiten. Juan fand immer einen Durchschlupf, suchte die größte Strömungszunge und fuhr dann mit Vollgas die Wasserwalze hoch. Die Gischt durchnäßte sie alle, aber ihre Kleider trockneten bald in der Hitze.

Und dann war es auf einmal aus. Ein Rauschen kündigte es an. „Hör mal!" rief Jonny Pablo zu. Das Rauschen übertönte den Krach, den der Motor machte.

„Ein Wasserfall!" schrie Juan.

Hinter der nächsten Biegung sahen sie ihn. In voller Breite fiel der Fluß über eine haushohe, halbmondförmige Stufe nach unten. Zischend sammelte sich das Wasser in einem Becken, riß in großen Wirbeln alles mit sich, Steine, Äste, Uferböschungen und zog dann weiter.

Für das Boot war es ein unüberwindliches Hindernis. Wortlos brachte Juan es an einer günstigen Stelle ans Ufer, fuhr so weit wie möglich in eine kleine Lagune und schickte Mayaku an Land, um es zu vertäuen. Er ließ es aus Sicherheitsgründen an zwei Stellen festmachen, weil sie es ohne Aufsicht zurücklassen mußten und niemand vorhersah, ob nicht inzwischen ein Unwetter den Fluß so ansteigen ließ, daß es sich losreißen konnte.

„Was jetzt?" fragte Jonny. Er sah Pablo ratlos an und strich sich mit der Hand über den langsam sprießenden Bart.

„Wir schleppen das Kanu außen herum und fahren mit ihm weiter", sagte Pablo.

„Was sonst?" Jonny betrachtete kopfschüttelnd das undurchdringlich erscheinende Dickicht an den Seiten.

„Wie willst du das machen?"
„Es kann nicht mehr weit sein", tröstete Pablo ihn. „Erinnere dich, daß Mayaku schlafend in seinem Boot den Fluß hinuntertrieb. Auch wenn er unbeschadet die Stromschnellen weiter unten passiert hat, hier kann er nicht durchgekommen sein. Frühestens hier haben sie ihn dem Fluß übergeben, müssen ihn und das Kanu bis hier geschleppt haben. Wenn sie also durch die Wildnis gekommen sind, dann schaffen wir es auch."
„Und wenn uns Mayaku falsch geführt hat?"
Einen Augenblick stutzte Pablo. „Das glaube ich nicht", sagte er. „Schließlich weiß er ja, daß er sein Totem-Tier nur bekommt, wenn er uns zu seinem Volk bringt. Es nützt ihm nichts, wenn er uns in die Irre führt. Nein, ich glaube sicher, daß wir auf dem richtigen Weg sind."
„Aber der Tod bedeutet ihm nichts. Vielleicht wartet er, bis wir vor Erschöpfung sterben. Dann kann er sich den Jaguar einfach nehmen und heimkehren. Wer fragt schon nach unserem Verschwinden. Auch Pater Enriques Verschwinden wurde hingenommen. Der Urwald ist groß."
„Woher will er wissen, daß er nicht vor uns stirbt?" fragte Jonny.
„Ich bin sicher, daß er den Jaguar haben will. Zu sterben ohne ihn, bedeutet Schlimmes. Vielleicht glaubt er, daß es seine Wiedergeburt verhindert."
„Niemand kann es wissen, außer ihm. Es ist nur so eine Vermutung."
Jonny ließ das Thema fallen.
Während Pablo mit Jonny und Sheba alles Gepäck an Land brachte, begannen Juan und Mayaku mit ihren Macheten einen Pfad durch das Uferdickicht zu schlagen. Dort, wo der Fluß eine Schneise in den Wald gegraben hatte, drang das Licht bis zum Grund. Das Unterholz war dicht und beinahe undurchdringlich. Je weiter sie sich aber vom Ufer entfernten, um so düsterer wurde es auf dem Waldboden. Die Pflanzen, die das Licht zum Leben brauchten, wuchsen spärlicher. Juan und Mayaku kamen leichter vorwärts. Nur der steile Hang trieb ihnen den Schweiß aus allen Poren. Keuchend zogen sie den Atem ein und stießen ihn wieder aus. Langsam, bedächtig Fuß vor Fuß setzend, folgten ihnen Pablo, Jonny und Sheba. Sie trugen die Reisesäcke. Äste und kleine Stämme mußten überstiegen werden. Der Boden war weich und an manchen Stellen sumpfig. Sie sanken ein und mußten mühsam ihre

Füße aus dem Sog des nassen Erdreichs wieder befreien. Eine dicke Lage vermodernder Blätter raschelte bei jedem Schritt. Einmal wäre Sheba beinahe auf eine Schnecke getreten. Das Schneckenhaus hatte die Farbe gelbbrauner Blätter. Obwohl es ziemlich groß war, hob es sich kaum vom Untergrund ab. Das stetige Steigen in der Mittagshitze strengte das Mädchen an. Es ermüdete schnell und setzte bald nur noch mechanisch seine Füße voreinander. Wie eine halbe Ewigkeit kam es ihr vor, bis das Gelände wieder flacher wurde, Juan sich in einem großen Bogen, das Ufer suchend, zur Seite wendete, und sie schließlich den Fluß wieder erreichten. Das Rauschen des Wasserfalles lag hinter ihnen.
„Sheba bleibt da!" sagte Pablo, der ihren Zustand bemerkt hatte, und bevor sie ihm widersprechen konnte, mit einem Seitenblick auf Mayaku: „Jemand muß auf das Gepäck aufpassen."
Sheba setzte sich auf ihren Reisesack. Sie mußte gleich eingeschlafen sein, denn sie erwachte, als vor ihr laut platschend das Kanu ins Wasser glitt. Juan befestigte die Leine an einem Baumstamm. Er legte die Paddel hinein und empfahl Sheba mit dem Verstauen des Gepäcks zu warten, bis sie den Rest herbeigeschafft haben würden, denn es wäre nicht leicht, für alles den richtigen Platz zu finden und es so zu beladen, daß es nirgendwo Übergewicht bekäme.
Sheba hockte sich wieder hin und wartete. Ein Vogel schrie in der Nähe. Der Ruf klang, als ob sich jemand auf eine Stahlfeder setzt, fing hoch und quietschend an und lief dann die Tonleiter nach unten. Ein Fisch sprang aus dem Wasser, und sie bedauerte sehr, keine Angel zur Hand zu haben, um ihn zu fangen. Plötzlich knackte es hinter ihr, und als sie sich erschreckt umdrehte, brach Mayaku aus dem Gestrüpp.
„Señorita, Señorita!" schrie er. Sheba sprang auf. Da packte Mayaku ihren Reisesack und warf ihn in das Kanu. Mit der Machete das Halteseil durchtrennend, sprang er ins Wasser, stieß das Boot hinaus in die Strömung, und bevor sie den Mund zu einem Schrei öffnen konnte, hatte er sich schon über die Seitenwand nach innen gezogen. Er packte das Paddel und strebte, so schnell er konnte, der anderen Flußseite zu, wendete dann die Spitze des Kanus stromaufwärts, paddelte kniend, bis ihm der Schweiß in Strömen über den Körper rann, und entschwand bald hinter der nächsten Biegung.

18. Kapitel

Es dauerte nicht lange, bis Juan, Pablo und Jonny bei Sheba anlangten, und als sie das Mädchen mit hängenden Armen am leeren Ufer stehen sahen, wußten sie gleich, was geschehen war.
„Er ist weg und hat mein Gepäck mitgenommen", sagte Sheba tonlos. „Er hat uns betrogen."
Die Männer starrten sich schweigend an. Niemand wollte Sheba einen Vorwurf machen.
„Laß es gut sein", tröstete sie Pablo. „Wir brauchen ihn nicht mehr." Da fuhr Jonny herum: „Wie meinst du das?"
„Ich bin sicher, daß wir Mayakus Volk nicht weit von hier finden."
„Woher willst du das wissen?"
„Mayaku ist allein nicht in der Lage, das Kanu um einen Wasserfall zu tragen. Auch eine Stromschnelle schafft er nicht. Dazu müßten mindestens zwei Männer paddeln. Wenn er gerade jetzt das Kanu genommen hat, dann wird er wissen, daß ihm der Fluß keine großen Schwierigkeiten mehr machen wird, und das bedeutet, daß er die Gegend kennt. Meiner Meinung nach schaffen wir es dann auch zu Fuß."
„Ich finde es zu gefährlich", sagte Jonny. „Wir sollten lieber unseren Plan ändern und zum Boot zurückkehren."
„Jonny", sagte Pablo, und in seiner Stimme lang etwas Flehendes. „Jetzt sind wir schon so weit. Laß uns durchhalten!"
Dann wendete er sich Sheba zu. „Was meinst du?"
„Wir schaffen es auch zu Fuß", sagte Sheba zuversichtlich, obwohl sie sich dessen nicht so sicher war.
Pablo sah den Mestizen an.
„Si, Señor", Juan nickte. „Wir können es versuchen!"
„Dann wollen wir hier übernachten und uns ausruhen, damit wir morgen frisch sind."
Glücklicherweise regnete es in dieser Nacht nicht, denn sie hatten keine Plane, unter der sie Schutz suchen konnten. Einmal wachte Sheba auf, weil eine Eule in der Nähe schrie. Da fiel ihr ein, daß mit ihrem Gepäck

auch das Heft weg war, und das bedauerte sie sehr. Daß Mayaku sie hintergangen hatte, traf sie mehr, als sie zugeben wollte.
Sie kam zu dem Schluß, daß Mayaku den Jaguar brauchte, um zu seinem Volk zurückzukehren, daß er sich ohne ihn nicht mehr dort zeigen konnte. Und wenn es das nicht war, dann mußte er einen anderen Grund gehabt haben, sich die Holzfigur mit Gewalt zu nehmen. Sheba hoffte, daß es einen Grund gab. Der Gedanke daran versöhnte sie, und sie schlief wieder ein. Als Pablo sie weckte, war die Sonne noch nicht aufgegangen. Der Nebel hing zwischen den Bäumen, und über dem Fluß herrschte Zwielicht.
„Steh auf!" sagte er. „Es wird sicher ein langer Tag."
Sie mußten einen Teil des Gepäcks zurücklassen. Pablo versuchte vergeblich, Jonny davon zu überzeugen, daß es nicht notwendig sei, das Gewehr mitzunehmen. Aber Jonny sah das nicht ein. Ohne Gewehr würde er nicht mitgehen. Wenn Pablo ihn zu zwingen versuchte, bliebe er lieber da. Pablo überlegte. Ohne Jonnys Fotos war sein Bericht nicht viel wert. Er gab nach. Sheba bot sich an, Jonnys Kamera zu tragen, und Jonny nahm ihr Angebot dankend an. Sie hatte ihre Hängematte und das Moskitonetz zu einem Bündel verschnürt. Ihre persönlichen Sachen waren im Reisesack, und den hatte Mayaku mitgenommen. Zusätzlich zu ihrem eigenen Gepäck teilten Juan und Pablo noch den Proviant unter sich auf. Trinkwasser mußte jeder selbst tragen.
Juan ging voran. Ihm folgte Pablo, dann kam Sheba und zum Schluß Jonny. Als sie aufbrachen, ging gerade die Sonne auf. Die ersten Strahlen durchbrachen den Nebel, der sich langsam auflöste. Ein kleiner Stärling, schwarz mit rotem Köpfchen, flatterte vor ihnen her, und an einem Baumstamm hockte mit klammen Flügeln ein großer brauner Nachtfalter. Juan schlug mit der Machete den Weg frei, und Pablo half, wenn kleine Stämme beiseite geräumt werden mußten. Es roch nach vermoderndem Laub. Die Hitze unter den Bäumen nahm zu. Ab und zu fiel etwas wie ein schwerer Tropfen auf den Boden. Einmal blieb Sheba stehen, um nachzusehen, was es war, und sie entdeckte staunend große smaragdgrüne Käfer. Zwischen riesigen Fächerpalmen wucherten Farne und wilde Bananen. Sie kamen an Kapokbäumen vorbei, deren Brettwurzeln weit in den Wald hineinragten. Auf ihren Ästen wuchsen

Bromelien, rosafarbene Blütendolden zwischen lanzenförmigen, weißgrün gestreiften Blättern.

Immer wieder wich Juan im Boden versteckten Wespennestern aus. „Sie sind aggressiv", sagte er, und Sheba überlegte, warum sie das waren. Sie mußten es sein, um zu überleben.

Tausendfüßler krabbelten über den Waldboden, und große weißschwänzige Falter gaukelten von Blüte zu Blüte. Sheba wurde allmählich müde.

Gegen Mittag machte Juan eine Pause. Sie tranken etwas und ruhten sich aus. Dann nahmen sie ihre Lasten wieder auf und gingen weiter.

Das Unterholz wurde dichter. Sie kamen nur langsam vorwärts. Sheba fühlte, wie ihre Beine steif wurden. Die Schultern taten ihr weh von der ungewohnten Last, und die Hitze, die auf dem Wasser nicht so spürbar gewesen war, setzte ihr zu. Sie blieb einige Male stehen, um einen Schluck zu trinken.

„Komm weiter!" drängte Pablo sie, als er es bemerkte. „Es ist nicht gut, wenn man stehenbleibt."

Als die Sonne unterging und die fahle Dämmerung von der Dunkelheit abgelöst wurde, beschlossen sie, an einem günstigen Platz zu lagern. Ein günstiger Platz war da, wo der Boden einigermaßen fest war. Nachdem sie ihn gefunden hatten, spannten Pablo und Jonny die Hängematten auf, während Juan mit einigen feuchten Zweigen ein kleines Feuer anzumachen versuchte.

„Du mußt etwas essen!" sagte Pablo zu Sheba. „Zwing dich! Wir wissen nicht, wie weit es noch ist, und du mußt bei Kräften bleiben!" Doch Sheba hatte Kopfweh, und ihr war schlecht. Sie legte sich in ihre Hängematte und mußte gleich eingeschlafen sein, denn sie merkte nicht, daß Pablo das Moskitonetz über ihr ordnete. „Es ist viel für sie", sagte er.

„Zu viel", murrte Jonny. Doch Juan fand, daß sie ein erstaunliches Mädchen sei und daß er einer weißen Señorita die Bewältigung dieser Strapazen nie zugetraut hätte.

Am nächsten Tag ging es Sheba besser. Sie fühlte sich erfrischt und genoß Juans starken, süßen Kaffee.

Das Gelände blieb eben. Sie achteten darauf, daß der Fluß zu ihrer Rechten hörbar war, und folgten jeder seiner Windungen. Immer wieder kreuzte ein kleiner Wasserlauf ihren Weg, den sie durchwaten mußten, wenn nicht ein umgestürzter Baum es ihnen erlaubte, ihn mit trockenen Füßen zu überwinden.

„Sieh mal!" sagte Pablo plötzlich. In einem Umkreis von einigen Metern waren Zweige abgeknickt und der Boden aufgekratzt. An einer Stelle hockten Hunderte von kleinen gelben Schmetterlingen eng beieinander.

„Sie trinken Urin", Juan deutete auf die Insekten.

„Urin?" fragte Jonny erstaunt. „Von wem?"

„Vermutlich von einem Ozelot oder einem Jaguar."

„Einem Jaguar?" Sheba verdrängte ihre Angst. „Hier?"

„Si, vor kurzer Zeit. Heute früh wahrscheinlich."

„Laß uns weitergehen." Pablo wurde ungeduldig. Er war unsicher, fühlte sich für alle verantwortlich und wollte es nicht zeigen.

Am Mittag machten sie eine Pause.

Später ging ein Regenschauer über dem Urwald nieder. Er kam überraschend, weil sie die Wolken, die sich über dem Fluß zusammenballten, nicht sehen konnten. Er wusch die Luft sauber und machte, daß der Erdboden dampfte. Sheba ermüdete rascher als am Vortag. Bald schleppte sie sich nur noch dahin. Das an- und abschwellende Zirpen der Zikaden gellte in ihren Ohren und dröhnte in ihrem Kopf. Sie stolperte über jeden kleinen Ast, raffte sich wieder auf und versuchte, sich auf die Stelle zu konzentrieren, auf die sie den Fuß setzte. Auch Pablo und Jonny spürten die Hitze. „Wir sollten umkehren", sagte Jonny und blieb schwer atmend stehen. „Wir gehen irgenwohin, wissen nicht, wie weit es ist, und haben kaum mehr etwas zu essen. Vielleicht reichen unsere Kräfte gerade noch, um das Boot unterhalb des Wasserfalles wieder zu erreichen. Ich sage dir", wiederholte er nachdrücklich, „es wäre besser, wir würden jetzt gleich umdrehen."

Doch Pablo gab nicht nach.

Sheba begann, ihre Schritte zu zählen. „Eins, zwei, drei . . ." zählte sie und dachte dabei: „Noch fünftausend Schritte, dann geschieht etwas, dann öffnet sich der Wald, treffen wir Mayaku wieder oder stoßen auf andere Indianer. Noch fünftausend, höchstens aber zehntausend Schritte, mehr schaffe ich nicht."

Sie zählte auf Spanisch, um sich abzulenken und es sich schwerer zu machen. Der Wald erdrückte sie. Es war nicht mehr der Wald, den der

Maler des Bildes gemalt hatte, das über ihrem Bett hing. Es war ein Alptraum-Wald, ein Irrgarten ohne Ausgang, eine Falle, die scheinbar schon zugeschnappt war.

Der Ayamamavogel, überlegte sie weiter, meinte mit seiner Todesahnung nicht nur einen von uns. Er meinte uns alle. Es hat keinen Sinn mehr, weiterzugehen, wir werden vor Erschöpfung sterben, und Chulla Chaqui wird kommen und sich an unserem Todeskampf weiden.

Sheba widerstand der Versuchung, stehenzubleiben, zählte mechanisch weiter; obwohl die Gedanken in ihrem Kopf herumwirbelten. Mit dem dreihundertzwölften Schritt zertrat sie eine Raupe, und beim vierhundertsiebenundachtzigsten versank ihr Fuß im Schlamm. Sie hatte große Mühe, ihn wieder herauszuziehen. Bei dem dreitausendfünfhundertsten stolperte sie und fiel hin, und der fünftausenddreihundertzweiundzwanzigste traf auf einen Baumstamm, der vorsichtig überklettert werden mußte.

Die Sonnenstrahlen kamen schon wieder schräg aus Westen. Sie trafen nur die obere Region des Waldes, und die Dämmerung brach herein. Doch dann beschleunigte der Mestize auf einmal seine Schläge mit der Machete. Er stürzte so schnell vorwärts, daß ihm die anderen kaum folgen konnten, und bei Shebas siebentausendfünfhunderteinunddreißigstem Schritt öffnete sich der Wald auf einmal, und sie standen an einem kleinen See. „Ah", rief sie verwundert aus und entdeckte nach und nach alle Einzelheiten, die sanften, an der Rückseite des Sees sichtbar werdenden Höhenzüge, dann ein Stück offenes Wasser vor ihnen und die zum Teil abgestorbenen, toten Bäume, die darin standen. Sie sah die in die Baumkronen führenden Leiterbalken und die runden Hütten in den Astgabelungen. Eine schmale gewundene Schneise erlaubte ihnen den Durchblick zur Mitte der Lagune, wo sich die Bäume wieder verdichteten. Offensichtlich standen sie dort auf Grund, auf einer Insel, und umgaben eine mächtige, oben abgeflachte Steinpyramide, die über die Baumkronen herausragte. Das alles entsprach der Beschreibung, die Mayaku den Reportern gegeben hatte. Pablo und Sheba sahen sich zufrieden lächelnd an. Sie waren bei Mayakus Volk angekommen, im Lande Tamazuls, des Seltsamen, und ihre Erschöpfung fiel von ihnen ab wie ein welkes Blatt von einem Baum.

19. Kapitel

„Das ist es“, sagte Pablo, und seine Stimme klang müde und zugleich erleichtert. Sie standen und schauten, und keiner von ihnen dachte darüber nach, wie es nun eigentlich weitergehen sollte.
Die letzten Strahlen der Sonne überschütteten die im Wasser stehenden Bäume mit orangerotem Licht. Mit ruhigen Flügelschlägen flogen einige Reiher über den See. Das Klopfen der Frösche nahm zu. Sheba meinte, eine Flöte zu hören, die sanft und erzählend von der Insel herüberklang. Ein leichter Windhauch brachte die Töne zu ihnen und blies sie weiter, bis sie in einer Welle von Zikadengezirpe untergingen.
Ein Kanu näherte sich ihnen. Fünf Männer sprangen an Land und umringten sie. Mit unmißverständlichen Gesten forderten sie zum Einsteigen auf.
Jonny fühlte sich versucht, zu widersprechen, aber Pablo beschwichtigte ihn schnell: „Laß sie“, erklärte er ihm. „Wir sind fremd, und unser Aufzug ist ungewöhnlich für sie.“
Die Männer waren großgewachsen, hatten schmale Lippen und weit auseinander liegende dunkle Augen. Das schwarze Haar fiel ihnen bis über die Schultern herab. Bekleidet waren sie mit einem Hüfttuch aus hellem, gewebtem Stoff. Im Kanu lagen Speere, ein Blasrohr und einige tote Vögel. Keiner von ihnen sprach ein Wort.
Sie überquerten den offenen Teil des Sees, und während sich die Dunkelheit schnell über dem Wasser ausdehnte, brachten sie das Kanu an den Stamm eines Baumes, in dessen Krone ein Baumhaus gebaut war.
„Wir haben Hunger“, sagte Pablo auf spanisch. Er deutete zuerst auf die Vögel und dann auf seinen offenen Mund. „Gebt uns etwas zum Essen!“
Aber die Indianer verzogen keine Miene. Sie zeigten auf den in den Baumwipfel führenden Leiterbalken und warteten geduldig, bis alle das Boot verlassen hatten. Dann legten sie ab, blieben aber in Sichtweite. Später hörte Sheba, daß sich ein zweites Kanu dem Baum näherte, sie hörte flüsternde Stimmen und anschließend das leise Platschen der ins Wasser tauchenden Paddel, als sich das Boot wieder entfernte.

Das Baumhaus bestand aus einer Plattform, die mehrere Äste mit einschloß, einer runden fensterlosen Wand und einem Dach aus gebündelten Palmblättern. Fußboden und Wand bestanden aus geflochtenen Zweigen. Es war leer. In der Mitte der Plattform gab es eine runde Stelle aus getrocknetem Lehm, auf der die Reste eines kleinen Feuers erkennbar waren.

„Auf einem im Wasser stehenden Baum gibt es vermutlich keine Ameisen", sagte Pablo. Er breitete die Hängematte auf dem Boden aus und brachte die Moskitonetze über ihnen am Dach an. Als alles fertig war, erschien es Sheba als das gemütlichste Lager, seitdem sie den Fluß hinauffuhren. Wenn sie nicht so hungrig gewesen wäre, hätte sich vielleicht so etwas wie ein Glücksgefühl eingestellt, aber so war ihr leicht übel. Sie versuchte, es nicht zu zeigen, weil sie wußte, daß die anderen genauso litten.

In der Nacht wachte Sheba einmal auf, weil sie geträumt hatte, aber im Augenblick des Erwachens war der Traum schon verflogen. Sie quälte sich, um sich zu erinnern, aber er fiel ihr nicht mehr ein.

In meinen Träumen bin ich oft alt und weise, dachte sie. Ich glaube, mich auf der Welt auszukennen, als ob mein Leben schon hinter mir läge. In meinen Träumen war ich schon viele hundert Male im Urwald, ging unter dem Blätterdach riesiger Bäume spazieren und hörte die seltsamsten Geräusche. Sie erhielten nur dadurch eine Steigerung, daß ich mich vom Erdboden löste, langsam nach oben schwebte, um das Blätterdach zu durchstoßen und über einem unendlichen, grünen Pflanzenmeer dahinzuschweben. Im Traum weiß ich, wie schön der Urwald sein kann und daß man fliegt, wenn man es will. Wie anders ist die Wirklichkeit!

Der Traum von dem Mondjäger fiel ihr wieder ein, wie sie die Steinstufen emporgestiegen war und auf der Plattform den fremden Mann getroffen hatte. Der Mondjäger jagt den Ayamamavogel, dachte sie verwirrt und schlief wieder ein.

Sie wachte auf, als Pablo sagte: „Laß sie schlafen! Es ist das Beste, was sie tun kann." Sie fuhr hoch und sah durch die Türöffnung den Nebel, der in dicken Schwaden zwischen den Bäumen hing. Nur langsam gab er den Blick über die Lagune frei. Ein Vogel strich klagend über die Baumkronen.

„Sie bewachen uns", sagte Jonny. „Das Kanu liegt immer noch da. Wir sind ihre Gefangenen."
„Ich habe Hunger", flüsterte Juan, der bis dahin geschwiegen hatte. Mit dem Tageslicht hatte seine Haut eine graue Färbung angenommen. In den Mundwinkeln waren tiefe Falten entstanden, und Sheba konnte sich nicht daran erinnern, wann sie das letzte Mal seinen Goldzahn blitzen gesehen hatte.
„Ich habe Hunger."
Und plötzlich hatten sie alle wieder das leere, leicht schmerzende Gefühl im Magen. Sie schluckten Speichel und versuchten, sich einzubilden, daß es etwas zum Essen sei.
„Sie werden sicher bald kommen und uns etwas bringen", versuchte Pablo sie zu trösten. „Es kann nicht mehr lange dauern."
Aber niemand kam.
Gegen Mittag, als die Sonne senkrecht über dem Hüttendach stand, wurde es heiß. Wie schwarzes Spiegelglas lag das Wasser des Sees vor ihnen, glatt und unberührt.
Sheba beschloß, etwas zu unternehmen. Sie kletterte auf einen Ast, klammerte sich an der Hüttenwand fest, suchte und fand mit dem Fuß einen Halt und zog sich höher hinauf. Sie stieg, solange die Zweige kräftig genug waren, ihr Gewicht zu tragen. „Paß auf!" rief Pablo besorgt von unten. Aber Sheba wußte, wie man auf Bäume steigt. Am Ende, als es nicht mehr weiterging, rutschte sie auf einem starken Ast nach außen und hatte auf einmal einen wunderbaren Überblick über den See und die Insel. In den Hütten auf den Nachbarbäumen war es still. Es schien, als seien sie unbewohnt. Nur das Kanu trieb in der Nähe. Unbeweglich hockten zwei Indianer darin. Sheba konnte nicht erkennen, ob sie sich unterhielten. Ab und zu, wenn ihr Boot etwas abgetrieben wurde, paddelten sie wieder zurück. Unter den Bäumen auf der Insel bewegte sich etwas. Männer liefen hin und her, und einmal erkannte Sheba auch eine Frau. Und dann entdeckte sie noch etwas anderes. Hinter der ersten großen Pyramide stand eine zweite noch höhere. Auch zu ihr führten steile Steintreppen hinauf, die aber an vielen Stellen abgebröckelt waren. Oben auf der Plattform lagen Steinhaufen herum, und es sah aus, als stammten sie von einem

zusammengestürzten Haus, in dessen Ruinen jetzt eine Hütte stand. Shebas Augen begannen zu tränen, aber sie erkannte nicht mehr als das: halbverfallene Stufen, die auf eine hohe Pyramide führten, und die fensterlose Hütte inmitten von Ruinen.

Rasch stieg sie herab, um Pablo die Neuigkeit mitzuteilen, aber Pablo hatte gerade andere Sorgen. Er stritt sich mit Jonny, der zu flüchten beschlossen hatte.

„Ich erschieße die beiden Indianer", schlug er allen Ernstes vor. „Und dann schwimmt einer von uns zu dem Kanu und bringt es hierher."

„Du bist verrückt!" schrie Pablo. „Dann haben wir gleich das ganze Volk auf dem Hals, und was glaubst du, was sie mit uns machen werden, wenn sie sehen, daß wir zwei Männer getötet haben?"

„Aber so geht es doch nicht weiter!" jammerte Jonny.

„Wir brauchen etwas zum Essen; und wenn wir uns selbst helfen wollen, müssen wir uns bald dazu entscheiden, bevor wir zu schwach sind, um etwas zu unternehmen."

Das war richtig. Pablo überlegte.

„Vielleicht kann ich auch nach Einbruch der Dunkelheit mit dem Gewehr an Land schwimmen und einen Vogel schießen.

„Das geht auch nicht", sagte Pablo und zeigte ins Wasser. „Sieh mal!"

„Was soll das?" fragte ihn Jonny. „Dort treibt ein Baumstamm."

„Ein Baumstamm, dem ich nicht begegnen möchte", antwortete Pablo. „Ein lebendiger Baumstamm." Und als er das sagte, erkannten sie alle den schuppigen Rücken eines großen schwarzen Kaimans, der sich lauernd im Wasser treiben ließ.

Da hörte Jonny auf, von einem Fluchtversuch zu sprechen.

Die Zeit verstrich unendlich langsam. Auch als die Sonne sank, wollte es nicht kühler werden. Pablo hockte am Eingang und hielt Wache, während Sheba, Jonny und Juan auf ihren Matten lagen und vor sich hindämmerten. Vom nahen Urwald tönte das Geschrei der Brüllaffen herüber.

„Da kommt ein zweites Kanu", sagte Pablo. „Es kommt direkt auf uns zu."

„Na endlich!" Jonny stürzte zum Eingang und beugte sich hinaus. „Wird auch allmählich Zeit."

Es war mit vier Personen besetzt. Zwei Indianer paddelten, die anderen beiden standen in der Mitte und starrten zu ihnen hinauf. Einer von ihnen war älter. Er hatte einen dunklen Umhang um. Der andere war Mayaku.

Sheba erkannte ihn zuerst, obwohl er sich verändert hatte. Er trug nicht mehr die kurze, farblose Hose, die über der Hüfte mit einer Schnur zusammengehalten worden war, und nicht mehr das zerrissene, ehemals weiße Hemd. Er hatte sich, wie die Männer an den Paddeln, ein helles Tuch um die Hüften geschlungen. Sein Oberkörper war nackt. Es schien Sheba, als ob seine Haltung stolzer und selbstbewußter geworden war. Mit seinen Kleidern hatte er den Stadtindianer abgelegt und sich in einen Waldindianer zurückverwandelt.

„Der Hundesohn!" schimpfte Jonny. „Na, warte!"

„Laß mich reden", sagte Pablo. „Wir müssen herausbringen, was sie mit uns vorhaben."

Er strich sich müde mit der Hand über die Augen. „Bitte, Jonny", wiederholte er dann. „Nimm dich zusammen und sei still!"

Das Kanu hielt am Fuß der Leiter, und die beiden Indianer stiegen aus. Mayaku, der als erster die Plattform erreichte, ließ sich auf einem Ast nieder und wartete, bis sein Begleiter über den Balken nach oben geklettert war. Er war größer als der Junge.

Die Zeit hatte rissige Falten in sein Gesicht gegraben, und genau über der Nasenwurzel war das Zeichen eintätowiert. Der Pfeil zeigte nach unten, und die blitzartige Linie lief über den Rücken der Nase. Der Mann war hager, aber seine Hände waren breit wie die Hufe eines Tapirs. Um den Hals trug er eine Kette aus bunten Vogelfedern. Auch der dunkle Mantel war mit kleinen Federn verziert.

„Hallo, Mayaku", sagte Pablo. Doch Mayaku antwortete ihm nicht.

Da fing der alte Indianer zu reden an. Er sprach, ohne abzusetzen, und das, was er sagte, klang wie ein merkwürdiger Singsang. Einmal schnell, dann wieder langsam liefen die Worte aus seinem Mund. Sheba kam es vor, als sagte er ein Gedicht auf. Den letzten Satz richtete er an Mayaku, und es schien, als ob er ihn aufforderte, das Gesagte zu übersetzen.

„Mein Volk heißt die fremden Weißhäutigen willkommen", begann dieser.

Hier mußte Jonny kichern, denn nach der langen Flußfahrt war keiner von ihnen mehr weißhäutig.
„Tamazul, der Herr, bittet euch, seine Gäste zu sein und uns zu folgen. In der Nähe des großen Baumes wurde eine Hütte für euch vorbereitet. Ihr sollt nicht länger hungrig bleiben."
„Dann laßt uns schnell gehen!" rief Jonny, und auch Juans Augen begannen zu glänzen.
„Jetzt gleich?" fragte Pablo.
„Jetzt gleich", antwortete Mayaku.
Da packten sie rasch ihre Sachen zusammen und kletterten hinter den beiden ins Boot.
Ein leiser Windhauch kräuselte das Wasser des Sees, und die kleinen Wellen spiegelten die schrägen Strahlen der Sonne wider. Die Indianer paddelten schnell. Das Boot schoß über das Wasser. Als sie an dem Wachkanu vorbeikamen, riefen sie etwas hinüber.
Sie fuhren die gewundene Schneise entlang, die sie gestern gesehen hatten. Rechts und links standen die Baumriesen mit den Hütten in ihren Kronen, und Sheba entdeckte in einigen von ihnen einen schwachen Feuerschein. Manchmal schaukelte ein festgebundenes Kanu neben dem Leiterbalken, und ab und zu kam ihnen auch eines entgegen.
Sie landeten auf der wie ein Hügel aus dem See ragenden Insel, wo sich der alte Indianer von ihnen verabschiedete. Mayaku brachte sie zu einer Hütte, in der ebenfalls ein kleines Feuer brannte. Auf einigen Stöcken brieten Fische über den Flammen, und in einer Ecke lag Shebas Reisesack.
„... nas noches", murmelte Mayaku und verschwand wie ein Geist in der Dämmerung.

20. Kapitel

Sie stürzten sich gleich auf die erst halbgaren Fische.

Ihre Behausung war der Baumhütte ähnlich. Sie stand auf der Insel unweit des Ufers und von den großen Pyramiden nur durch einen lichten Waldgürtel getrennt. Mehr war nicht zu erkennen.

„Dieser Hundesohn sollte sich schämen, uns unter die Augen zu treten", sagte Jonny mit vollem Mund.

„Warum sollte er das?" fragte Pablo.

„Er hat uns das Kanu gestohlen und uns in der Wildnis allein gelassen. Das hätte unseren Tod bedeuten können."

„Aber wir leben und sind hier. Man hat uns freundlich aufgenommen."

Sheba hörte der Unterhaltung nur mit halbem Ohr zu. Nachdem sie ihren Hunger gestillt hatte, merkte sie erst, wie müde sie war. Müde vor Anspannung, die Ungewißheit mit sich bringt. Sie lauschte auf die Geräusche der Inselnacht: Zikaden und Frösche, das Kreischen eines Papageis und leises Zwitschern, ein Pfiff, dann lachte jemand, und die Zweige knackten, als laufe ein Mensch durch die Büsche.

Sheba holte ihre Matte und richtete sich ihr Nachtlager her.

Sie legte sich ihren Reisesack unter den Kopf und schlief ein, obwohl die anderen immer noch neben dem Feuer hockten und die letzten Reste der Fische verspeisten.

Als sie am nächsten Morgen erwachte, lag Nebel über dem See, und es nieselte. Sie beschloß, ein Bad zu nehmen, und bevor ihr der große Kaiman einfiel, war sie auch schon im Wasser. Der See war warm, so wie die Luft über ihm, und Sheba schwamm in langen Stößen ein Stück nach draußen. Dann kam ihr die Erinnerung an den Kaiman, und in panischem Schrecken drehte sie um und flüchtete dem Ufer zu. Als sie zur Hütte zurückkam, huschte eine kleine braune Gestalt davon, und vor dem Eingang lagen einige Früchte und Wurzeln.

Nachdem Sheba sich abgetrocknet hatte, holte sie ihr Heft aus dem Reisesack. Sie rechnete sich aus, wie viele Tage inzwischen verstrichen waren.

70. Tag, schrieb sie dann. *Es ist viel geschehen in den letzten Tagen. Mayaku hat uns enttäuscht, aber wenn ich es mir recht überlege, hätte ich an seiner Stelle vielleicht genauso gehandelt. Er hat sich sehr verändert, ist mir fremder als vorher und wie verwoben in das Geheimnis, das sein Volk umgibt. Er behandelte den alten Indianer mit großer Höflichkeit, so, als sei er der Herr hier. Aber der Alte sprach von Tamazul als dem Herren, also gibt es noch jemand über ihm. Vermutlich wohnt er in der Hütte mitten zwischen den Steinhaufen auf der Plattform der zweiten Pyramide. Pablo sagte gestern noch, daß wir uns heute die Insel genauer ansehen wollen. Ich bin sehr neugierig.*
Während sie schrieb, waren Pablo, Jonny und Juan aufgestanden. Juan hatte das Frühstück hergerichtet. Es hatte aufgehört zu regnen, aber der Himmel war immer noch bedeckt.
„Gehst du mit uns, wenn wir die Insel ansehen?“ fragte Pablo Sheba, und sie nickte. Nur Juan wollte lieber zum Angeln gehen. Jonny nahm seinen Fotoapparat und Pablo seinen Notizblock mit, dann gingen sie los. In der Umgebung ihrer Hütte standen noch zwei andere, aber sie waren leer, und nichts deutete darauf hin, daß sie in letzter Zeit bewohnt gewesen waren.
Der Nebel über dem See hatte sich verzogen. Er hatte die im Wasser stehenden Bäume enthüllt. Auch von den Baumhäusern waren viele leer. Manche sahen so aus, als seien sie kurz vor dem Zusammenbruch. In den Dächern klafften Löcher.
„Wo sind die Leute?“ fragte Jonny. Er fotografierte, und wieder störte sich Sheba an dem Klicken der Kamera.
„Diese Hütten sehen nicht so aus, als seien sie nur vorübergehend bewohnt gewesen.“
„Auch die Steinpyramiden sprechen dafür, daß Mayakus Volk seßhaft ist“, sagte Pablo.
Sie liefen am Ufer entlang, durchquerten übermannshohe Bambuswälder und hieben sich mit ihren Macheten einen Pfad durch das Gestrüpp.
„Du redest immer von Volk? Bis jetzt haben wir kaum mehr als fünf oder sechs benutzte Häuser gesehen.“ Jonny redete, während er die Umgebung durch den Sucher betrachtete. „Laß es doppelt so viele sein, dann sind es alle.“

Er schien recht zu behalten. In unregelmäßigen Abständen trafen sie auch auf der Insel halbzerfallene Häuser an. Einmal untersuchten sie eine leere Hütte. Sie war rund wie die, in der sie wohnten, hatte eine Feuerstelle und in der Mitte des Daches einen Rauchabzug. Pablo fand kein Metallteil, dafür aber Pfeilspitzen aus schwarzer, zu Glas geschmolzener Lava.

Den bewohnten Hütten wagten sie sich nicht zu nähern, beobachteten nur aus der Ferne, daß die Frauen an einfachen Webstühlen arbeiteten, die Männer mit langen Speeren zum Fischen auf den See hinausfuhren und die Kinder in den Bäumen herumkletterten wie die kleinen Wollaffen im Urwald.

„Mayaku muß uns Auskunft geben."

Pablo schrieb sich vieles auf, aber das, was er sah, machte ihn neugierig, mehr zu erfahren. Er sammelte Pfeilspitzen und Keramikscherben und steckte sie ein.

„Aber wo könnten wir Mayaku finden?"

„Wahrscheinlich im Inneren der Insel." Sheba deutete nach rechts, wo das Gelände anstieg und ihnen der Waldgürtel die Sicht auf die Pyramiden verdeckte.

Es hatte wieder zu regnen begonnen. Die Feuchtigkeit drang ihnen bald bis auf die Haut, aber sie froren nicht. Die schwüle Luft machte das Atmen schwer.

Sie verließen die Uferregion und wendeten sich dem Wald zu. Dort gab es fast kein Unterholz, nur die großen Brettwurzeln der Kapokbäume. Manche Stämme waren von würgenden Lianen umwuchert, die auf der Suche nach Licht aufwärts strebten, und an anderen klammerten sich Bromelien fest.

Ein Tukan flog vor ihnen davon, und seitlich verschwand ein kleines schuppiges Tier in seinem Loch. Sie kamen rasch vorwärts, sahen bald durch die lichter stehenden Bäume die steinernen Treppen der Pyramiden, und Sheba erinnerte sich an ihren Traum mit dem Mondjäger. Es war ihr, als ob sie schon einmal hier gewesen sei. Dann versperrten ihnen dichte Büsche den Weg. Sie waren alle von derselben Art, hatten große ausgefranste, dreieckige Blätter und weiße, trichterförmige Blüten, die einen übelriechenden Geruch ausströmten.

„Datura stramonium, Stechapfelsträucher", stellte Pablo fest. „Obwohl sie ziemlich giftig sind, wachsen sie hier, als habe sie jemand angepflanzt."
Die Büsche standen zu dicht, um sie zu durchqueren, und Pablo, Jonny und Sheba liefen ein Stück an ihnen entlang, weil sie hofften, einen Durchschlupf zu finden.
Dann wichen die Sträucher auf einmal zurück und öffneten sich vor einem Weg, der in einen hofähnlichen Bezirk zwischen beiden Pyramiden führte. In seiner Mitte stand ein uralter, riesiger Baum mit weit ausladenden Ästen von einer Art, die sie noch nie vorher gesehen hatten. Das Gelände, auf dem der Baum stand, war etwas erhöht und von einer Steinmauer begrenzt. Der Weg, auf dem sie standen, führte zu einem Durchlaß und einigen Stufen. Auch auf der rückwärtigen Seite waren hinter der Mauer die Stechapfelsträucher zu erkennen und hinter diesen wieder die hohen Urwaldbäume, die die Uferregion von dem Pyramidenbezirk trennten. Innerhalb des Hofes wuchs nur der eine alles überragende Baum.
„Er ist sicher mehrere tausend Jahre alt", sagte Jonny. „Meinst du nicht auch?" Pablo nickte. Er wußte nicht, ob er den Platz betreten sollte. Mitten im Regen lag er so ruhig da, fast geheimnisvoll still. Da sah er plötzlich Mayaku auf sich zukommen. Er trug einen Speer in der Hand und kam daher, als sei es für ihn die selbstverständlichste Sache der Welt und als habe er ein Recht darauf, den Hof zu überqueren. Der Speer gab ihm das Aussehen eines Wächters.
„Es ist niemandem erlaubt, ohne Balams Einwilligung den heiligen Bezirk zu betreten", sagte er, und seine Stimme war so selbstsicher wie sein Auftreten.
„Wer ist Balam?" fragte Jonny.
„Balam, der Priester. Er hat gestern mit euch geredet."
„Und was tust du hier?"
„Ich bin sein Schüler und trage das Zeichen, genau wie er."
„Dann sag ihm, daß wir mit ihm sprechen möchten."
Mayaku lachte. „Balam ist für niemanden zu sprechen."
Einen Augenblick standen sie schweigend voreinander und wußten nicht, was sie reden sollten. Mayaku wartete, während Pablo überlegte,

Jonny nervös an seiner Kamera herumhantierte und Sheba aufgeregt an einer Haarsträhne zerrte. Doch dann sah Pablo ein, daß er mit Ungeduld nur Schaden anrichten würde, und er sagte laut: „Dann gehen wir eben wieder."

Er wendete sich um. „Komm, Jonny!"

Sheba folgte ihnen.

„Ich kann die Señores ein Stück begleiten", schlug Mayaku da vor. „Es gibt einen kurzen Weg zu der Hütte."

Und ohne eine Antwort abzuwarten, setzte er sich an die Spitze der kleinen Gruppe und führte sie.

Sie liefen eine Weile stumm hintereinander her.

„Mayaku", begann Pablo schließlich. „Darf ich dir eine Frage stellen?"

„Bitte", antwortete Mayaku.

„Wer ist Tamazul, den du einmal als den Herren und dann wieder als den Seltsamen bezeichnest?"

Mayaku blieb stehen. Er überlegte.

„Tamazul ist der Herr. Er lebt im Mittag und zeigt sich nur einmal im Jahr seinem Volk. Balam ist sein Diener, und ich will es einmal werden."

„Was heißt das: Er lebt im Mittag?" wollte Jonny wissen.

Mayaku sah ihn erstaunt an. „Im Mittag bedeutet, in der Mitte des Tages auf der Pyramide."

Und als er Pablos verständnisloses Gesicht sah, fuhr er fort: „Eine Pyramide ist wie das Weltall, und wer sie besteigt, vollzieht den Weg der Sonne nach. So wie sie auf der roten Seite aufgeht und das Himmelsgewölbe hochsteigt, benutzen auch wir die dem Sonnenaufgang zugewandte Seite zum Aufstieg. Am Mittag steht sie direkt über Tamazuls Haus und fällt dann abwärts, bis sie hinter den Bergen verschwindet und das Dunkel der Nacht über alles hereinbricht. Deshalb nennen wir die Untergangsseite die schwarze. Auf ihr kommt Tamazul zu uns."

„Dann haben die Himmelsrichtungen Farben bei euch?" fragte Pablo.

Mayaku nickte. „Die Sonne geht auf der roten Seite auf und der schwarzen unter. Das, was auf eurer Landkarte Norden ist, ist für uns die weiße Richtung, weil es dort Länder geben soll, über denen manchmal ein weißer Teppich liegt. Und der Süden ist gelb wie das Gras, wenn es von der Sonne verbrannt wurde."

Pablo widerstand der Versuchung, seinen Block herauszuziehen und aufzuschreiben, was Mayaku da erzählte. „Und warum nennst du Tamazul manchmal den ‚Seltsamen'?" fragte er.
Da drehte sich der Junge wortlos um und ging weiter.
Es hatte aufgehört zu regnen. Der Himmel war klar, die Wolken hatten sich verzogen. Sheba spürte kaum, daß ihre Kleider vor Nässe an der Haut klebten. Sie würden bald wieder trocknen, sie brauchte sie nicht zu wechseln. Mayaku führte sie auf einem schmalen Pfad durch den Wald. Er hatte schon bald den Bereich der Stechapfelsträucher verlassen und brachte sie, ab und zu eine sumpfige Stelle überquerend, auf einem direkten Weg zu ihrer Hütte.
„Aqui", sagte er nur, als sie angekommen waren, und drehte sich ohne Abschied um. Er lief auf demselben Pfad zurück, den sie eben benutzt hatten, und war schon bald hinter den großen Brettwurzeln der Kapokbäume verschwunden.
„Die Insel kann nicht sehr groß sein", stellte Pablo fest.
„Wahrscheinlich kann man sie in weniger als einem Tag umrunden."
„Vielleicht war sie früher größer, und die Bäume, die jetzt im Wasser stehen, standen noch auf festem Boden", sagte Jonny.
„Vielleicht hat der Fluß irgendwann seinen Lauf verändert und das Land überschwemmt. Das würde auch erklären, warum die meisten Bäume abgestorben sind."
„Vielleicht", stimmte Pablo zu.
Juan war nicht da.
„Er wird irgendwo am Ufer sitzen und versuchen, einen Fisch zu fangen." Sheba machte sich auf die Suche nach ihm.
Sie fand ihn unweit der Hütte am Rande des Sees. Die Leine mit dem Haken in der Hand haltend, starrte er ins Wasser.
„Hallo, Juan", sagte Sheba. Da fuhr er zusammen und sah sie verstört an. Sheba erschrak. Sein Gesicht hatte eine graue Farbe angenommen, und in seinen Augen stand Angst.
„Ist was?" fragte ihn das Mädchen.
„Nein, nein", antwortete Juan schnell, und seiner Stimme war anzuhören, daß er log.
„Seid ihr wieder da?"

Sheba sah ihn kopfschüttelnd an. „Was ist passiert, während wir weg waren?" fragte sie ihn noch einmal, doch sie erhielt wieder keine Antwort. Hastig zerrte er die Leine aus dem Wasser, nahm sich kaum Zeit, sie aufzuwickeln, und eilte der Hütte zu.
„Señor", rief er, als er auf Pablo stieß, „wir sollten so schnell wie möglich hier verschwinden!"
„Aber warum denn? Wir sind doch gerade erst angekommen."
Pablo sah ihn verwundert an.
„Weil es hier gefährlich ist", sagte Juan, und seine Stimme zitterte.
„Gefährlich, wieso? Der alte Indianer hat uns doch ganz freundlich aufgenommen, niemand belästigt uns, und wir haben noch viel auszukundschaften", widersprach ihm Pablo.
„Ich habe etwas gesehen", stammelte Juan, „kann mich aber täuschen, denn eigentlich ist es unmöglich, kann gar nicht sein – aber trotzdem wäre es besser, wir verließen die Insel so bald wie möglich, am besten noch, bevor es dunkel wird."
„Beruhige dich, Juan", tröstete ihn Pablo. „Was du auch gesehen hast, es kann nicht so schrecklich gewesen sein, daß es mich dazu bringt, wegzufahren, ohne die Pyramiden besichtigt zu haben und ohne dem großen Tamazul begegnet zu sein."
Da wurde Juan blaß. „Sie werden noch an mich denken, Señor", flüsterte er. „Der Ayamamavogel – Sie wissen ja nicht –"
„Natürlich weiß ich es", sagte Pablo. „Aber glaube mir, es wird nichts geschehen, und wir werden alle gesund und munter zurückkehren. Leg dich ein bißchen in den Schatten und ruh dich aus! Die Sonne hat dir zugesetzt!"
Aber er bedachte nicht, daß es fast den ganzen Vormittag über geregnet hatte.
„Warum hast du ihn nicht gefragt, was er gesehen hat?" wollte Jonny wissen, nachdem Juan weggegangen war.
„Ach, es wird eins seiner Hirngespinste gewesen sein", sagte Pablo. „Das darf man nicht so beachten."
Er holte sein Notizbuch heraus und hockte sich auf seine Matte. „Stör mich jetzt nicht!"
Die Sonne versank hinter dem Wald. Sie tauchte die Wipfel in rotes

Licht, und die toten Äste der im Wasser stehenden Bäume ähnelten Korallen in einem Riff. Mehrere Kanus kehrten von einem Jagdausflug zurück, und von den Pyramiden her klang das Lied einer Flöte über den See.

Wenn ich nur wüßte, schrieb Sheba in ihr Heft, *was das alles zu bedeuten hat! Es liegt wie eine böse Vorahnung über allem, umhüllt von einem Geheimnis. Warum sind so viele Hütten leer? Warum heißt Tamazul der „Seltsame"? Und vor was ist Juan so erschrocken, daß er flüchten wollte, er, der so mutig die Stromschnellen bewältigte? Ich muß versuchen, allein mit Mayaku zu reden. Vielleicht erzählt er mir mehr als Pablo und den anderen! Vielleicht.*

21. Kapitel

Als Sheba erwachte, glaubte sie, gerade erst eingeschlafen zu sein. Aber der Mond stand schon hoch über dem See, und sie hatten kurz nach dem Einbruch der Dunkelheit ihre Hängematten aufgesucht. Sheba überlegte, warum sie aufgewacht war. Irgend etwas hatte sich verändert. Sie wußte nur nicht was. Sie betrachtete die schmaler gewordene Mondsichel durch den offenen Eingang der Hütte. Seitlich von ihr blinkte ein großer Stern. In den Bambusstengeln am Ufer raschelte der Wind. Und dann fiel Sheba plötzlich auf, was sie gestört hatte. Es war still draußen. Außer dem Rascheln der Blätter war nichts zu hören, keine Zikaden, keine Frösche, keine Nachtvögel. Sie waren schon so lange im Urwald unterwegs und so sehr an die Nachtgeräusche gewöhnt, daß die ungewöhnliche Stille sie nicht länger schlafen ließ. Sie legte sich ihr auf die Seele und ließ sie frösteln.

Pablo, Jonny und Juan atmeten leise. Das gab ihr den Mut, aufzustehen und vor die Hütte zu treten. Sie machte ein paar Schritte und blieb stehen. Und dann war es, als gefriere ihr das Blut in den Adern, und sie vergaß zu atmen.

Vor ihr, am Ufer des Sees, deutlich gegen die im Mondlicht schimmernde Fläche sich abhebend, stand eine dunkle Gestalt. Sheba konnte nicht erkennen, ob sie ihr den Rücken zudrehte oder sie ansah. Sie erkannte nur einen durch einen Umhang halbverhüllten Körper, der sich nicht rührte, als warte er auf etwas, lauernd und stumm. Sie sah ihn und erstarrte, fühlte sich unfähig, umzudrehen und in die Hütte zurückzuflüchten, um dann während eines Lidschlages zu entdecken, daß die Gestalt verschwunden war, als habe sie sich in Nichts aufgelöst. Ein leiser Pfiff ertönte aus dem Dickicht, und plötzlich erzitterte die Welt vor einem Schrei. Es begann mit einem tiefen Knurren, steigerte sich zu einem Fauchen und setzte sich in einem markerschütternden Gebrüll fort. Für einen kurzen Augenblick hörte Shebas Herz auf zu schlagen. Sie stöhnte vor Angst. Das Brüllen endete, wie es begonnen hatte, und Sheba spürte, daß ihr Herz weiterschlug, daß es raste, und sie stürzte

zurück in die Hütte, wo sie ihren Vater, Jonny und Juan aufrecht in ihren Hängematten sitzend vorfand.
„Was war das?“ schrie Jonny entsetzt. Aber Pablo wußte es auch nicht.
„Waren es Brüllaffen, Juan?“ fragte er. Doch der Mestize war immer noch starr vor Schreck. Er murmelte vor sich hin, als habe er den Verstand verloren, und achtete nicht darauf, was die anderen sagten.
„Jesus Christus“, stammelte er heiser. „Ich habe es ja gleich gewußt. Seine Spur hat ihn verraten. Er beobachtet uns und wartet darauf, daß der Mond wechselt. Jesus Christus, Jesus Christus!“
„Da draußen war jemand“, flüsterte Sheba. „Ich konnte nicht erkennen, wer es war.“
„Es wird Mayaku gewesen sein“, versuchte Pablo sie zu beruhigen, aber er mußte sich selbst Mühe geben, seine Unruhe zu verbergen.
„Mayaku, der sich einen Scherz mit uns erlaubt hat.“
Doch Sheba wußte genau, daß das kein Scherz gewesen war. Das Quaken der Frösche erinnerte sie an die Stille, die vorher geherrscht hatte, und während sie daran dachte, fiel ihr ein, daß die Stille das Unheimlichste von allem gewesen war.
Wieder kam es ihr so vor, als habe sie es schon einmal erlebt, als habe sie schon einmal eine dunkle Gestalt zwischen den Blättern am Ufer eines Sees stehen gesehen und den Schrei gehört. Zitternd verkroch sie sich in ihre Hängematte, aber sie konnte nicht mehr schlafen, sah zu, wie der Mond allmählich verblaßte und sich eine große Wolke vor den Stern schob. Im Osten erschien ein heller Streifen, der höher und höher stieg, von dunklem Blau in Grün, Gelb und dann in Orange wechselte, bis die ersten Strahlen der aufgehenden Sonne die Wasserfläche aufglänzen ließen. Das Zittern hatte nachgelassen, und eine große Gleichgültigkeit hatte sich ihrer bemächtigt. Pablo, Jonny und Juan erwachten, als ein kleiner Junge ein paar tote Vögel vor der Hütte auf den Boden fallen ließ. Sie standen auf, und Juan fachte ein Feuer an, um die Vögel darin zu braten.
„Stehst du nicht auf, Sheba?“ rief Pablo. Sheba mußte sich dazu zwingen.
„Was könnte das heute nacht gewesen sein?“ fragte Jonny, einen Vogelknochen abnagend. „Waren es wirklich Brüllaffen?“

Doch Pablo wußte keine Antwort. Juan blieb stumm. Seine Miene war verschlossen, wie wenn ein Vorhang darüber gefallen wäre. Über das Ereignis der Nacht wollte er nicht sprechen.
„Jonny und ich gehen nach dem Frühstück wieder auf Erkundung. Begleitest du uns, Sheba?"
Doch sie hatte keine Lust. Sie war übernächtigt. Ein Ruhetag würde ihr gut tun. Sie schüttelte den Kopf.
„Bleibt Juan da?" fragte sie.
„Juan will sicher fischen."
„Dann gehe ich mit ihm."
Jonny, dem der Schrecken der Nacht noch in den Knochen saß, nahm dieses Mal außer seiner Kamera noch das Gewehr mit.
„Laß es da!" sagte Pablo. „Du brauchst es nicht." Doch seine Stimme klang nicht sehr überzeugend.
Jonny bestand darauf. Er wollte die Hütte nicht ohne die Waffe verlassen, und wenn Pablo nicht nachgeben würde, bliebe er da. Darauf sagte Pablo nichts mehr, und Jonny nahm das Gewehr aus dem Futteral, lud es und hängte es sich über die Schulter. Gestern hatten sie den südlichen Teil der Insel erkundet, heute sollte es der nördliche sein. Noch lange, nachdem sie verschwunden waren, hörte Sheba die Schläge ihrer Macheten. Juan nahm die Leine mit dem Haken und als Köder die Vogelinnereien mit. Er lief ein Stück am Ufer entlang, suchte einen geeigneten Platz, und als er ihn bei der Einmündung eines kleinen Baches gefunden zu haben glaubte, ließ er sich nieder. Sheba, die ihm wortlos gefolgt war, hockte sich neben ihn. Sie sah ihm zu, wie er einen Köder am Haken befestigte und die Leine auswarf, wie er sie ab und zu wieder einholte, um nachzusehen, ob der Köder noch daran hing, und sie dann wieder ins Wasser zurückgleiten ließ.
Die Sonne stieg höher, und es wurde schwül. Um sie herum summten Moskitos, und ab und zu quakte ein Frosch. Einmal wand sich vor ihnen eine Schlange durch den Schlamm, und im nahen Bambusdickicht rief ein Vogel.
Während Juan fischte, hing Sheba ihren Gedanken nach.
„Was war es, das dich gestern so erschreckt hat?" fragte sie ihn auf einmal.

„Kannst du dir das nicht denken, Señorita?“ fragte Juan zurück, ohne den Blick von der Leine zu wenden.
„Nein.“
„Es war der Abdruck einer Jaguarpfote am Ufer.“ Juan sagte es so dahin, als nähme er seine Entdeckung inzwischen nicht mehr ernst, oder so, als hätte er sich mit ihr abgefunden.
„Ein Jaguar!“ rief Sheba erstaunt, „hier auf der Insel!“
„Sie stammte nicht von einem Jaguar, Señorita. Das ist sicher!“
„Von wem dann?“
„Unweit der Spur fand ich den Abdruck eines nackten Fußes. Er war größer als der Mayakus.“
„Du meinst Chulla Chaqui?“ Sheba starrte ihn an. „Wenn es das war, warum hast du Pablo nichts davon erzählt?“
„Señor Pablo hätte nur darüber gelacht.“
Sheba wußte, daß Juan recht hatte. Sie überlegte. Ein Fisch zerrte an der Leine. Juan holte ihn heraus und machte ihn los. Der Fisch zappelte noch ein bißchen am Ufer, bevor er schwächer wurde und starb.
„Juan“, begann Sheba von neuem. „Du bist doch getauft. Wieso jagt dir Chulla Chaqui einen solchen Schrecken ein?“
Juan befestigte einen neuen Köder an der Leine und warf sie wieder aus. „Ich habe mich taufen lassen, weil mich die Patres von dem neuen Glauben überzeugt hatten. Aber trotzdem fürchte ich noch die alten Götter und Dämonen. Sie haben jahrtausendelang den Wald beherrscht. So schnell lassen sie sich nicht daraus vertreiben.“
„Dann glaubst du immer noch an sie, obwohl du inzwischen Christ geworden bist?“
„Ich glaube an Jesus Christus, aber er ist im Himmel, und die alten Götter sind mitten unter uns hier.“ Er betonte das letzte Wort, und es klang so endgültig, daß Sheba nicht mehr wußte, was sie ihm darauf entgegnen sollte.
Die Sonne stand im Mittag. Über dem Wald zogen sich dunkle Wolken zusammen.
„Es wird bald regnen“, sagte Sheba in ihrer Verlegenheit, und gleich darauf fiel ihr etwas ein: „Heute nacht, die Gestalt und der Schrei, war das auch Chulla Chaqui?“

„Vermutlich war er es", sagte Juan. „Er streift umher und wartet auf den nächsten Mondwechsel. Auch er kennt den Ruf des Ayamamavogels."
Sheba dachte darüber nach. Wenn der Ayamamavogel recht behielte, müßte einer von ihnen in wenigen Tagen sterben. Sie teilte Mayakus Einstellung nicht. Für sie war der Tod so unfaßbar, daß sie ihn nicht begriff. Sie schob den Gedanken rasch beiseite und lenkte ihre Aufmerksamkeit auf die Wolken. Es sah nicht mehr so aus, als ob der Regen bis zu ihnen käme. In der Nähe mußte sich der Wind gedreht haben. Die Wolken trieben in eine andere Richtung. Es war sehr heiß. Sheba überlegte, ob sie ein Bad nehmen sollte. Wenn sie in der Nähe des Ufers bliebe, käme sicher so schnell kein Kaiman daher. Außerdem wäre ja auch noch Juan da, den sie bitten könnte, die Wasserfläche im Auge zu behalten und sie rechtzeitig zu warnen. Doch gerade, als sie sich entschlossen hatte, hörte sie das Platschen von Paddeln im Wasser. Ein Kanu kam am Ufer entlang.
„Hallo, Mayaku", sagte Sheba verlegen.
Der Junge brachte das Kanu mit einigen Paddelschlägen ans Ufer. Es trieb heran, schleifte über den seichten Grund, und Juan holte rasch die Angelschnur ein, damit es sich nicht darin verfing.
„Will die Señorita vielleicht eine Fahrt auf dem See machen?" fragte Mayaku höflich. Sheba, die den Ausflug mit Jonny und ihm in guter Erinnerung hatte, nickte schnell. Ohne auf Juans Einwände zu hören, kletterte sie in das Kanu und hockte sich auf die schmale Bank im Bug. Mayaku glitt ins Wasser. Er schob das Boot vom Ufer weg, bis es wieder frei schwamm, dann schwang er sich in das Innere und trieb es mit kräftigen Paddelschlägen weiter.
„Ich dachte mir", begann er zögernd, „daß die Señorita vielleicht gern den See besichtigt?"
„Gracias, Mayaku", sagte Sheba.
Sie fuhren zwischen den im Wasser stehenden Bäumen hindurch. Ab und zu begegneten ihnen andere Kanus. Männer, die auf die Jagd fuhren oder zum Fischen. Mayaku grüßte sie, und sie grüßten zurück. Sheba wurde nicht beachtet. Wieder fiel ihr auf, daß viele Baumhütten unbewohnt waren, aber sie getraute sich nicht nach dem Grund zu fragen. Es gab so vieles, was sie gerne gewußt hätte, aber sie scheute sich

davor, ihn auszuhorchen. Sie lehnte sich zurück und blickte nach oben. Lautlos glitten sie unter den weit ausladenden Ästen dahin, die den glühenden Himmel in kleine Teile zerstückelten. Obwohl Mayaku das Paddel ganz leise eintauchte, schreckten manchmal Vögel hoch. Sie flatterten krächzend davon, und ihre Schatten huschten über die Oberfläche des Wassers. Sheba verfolgte sie mit den Augen, soweit es ihr möglich war, ohne den Kopf bewegen zu müssen.

Einmal hob Mayaku das Paddel ins Boot. Er stand auf und holte etwas, das hinter ihrer Bank lag. Sheba sah seine braune Hand, die sich an der Kante festhielt, als er über sie kletterte, und auf dem Handrücken die Tätowierung. Die Hand war sehnig, und dort, wo das Zeichen war, befanden sich kleine erhabene Punkte. Es tat ihr leid, als er wieder losließ, weil er das, was er suchte, gefunden hatte. Sie richtete sich auf und sah, daß ein Blasrohr im Boot lag.

Er holte einen Pfeil aus dem Köcher und zeigte ihr die schwarze Spitze.

„Pfeilgift", sagte er. Sheba betrachtete sie entsetzt.

„Woher wißt ihr, wie man es zubereitet?" fragte sie dann.

Mayaku zuckte mit den Schultern.

„Die Männer wissen es", sagte er. „Es ist so bekannt wie die Zusammensetzung des Getränkes.

„Welchen Getränkes?"

„Des Getränkes, das Balam aus den Samen der Büsche zubereitet, die im Schatten der Pyramiden wachsen. Er gibt es den Männern zu trinken, wenn sie den Mond jagen."

Ein kleiner, blauschwarzer Vogel mit einem gebogenen Schnabel huschte dicht über der Wasserfläche davon.

„Du meinst, es stärkt ihre Muskeln?"

„Es gibt ihnen die Kraft durchzuhalten, denn die Jagd dauert eine ganze Nacht. Es macht sie mutig und stark, und wenn sie erfolgreich waren, dann schlafen sie ein, und ihr Geist begibt sich auf eine wunderbare Reise. Sie sehen alles in bunten Farben, hören herrliche Melodien und begegnen Wesen, die sie nie zuvor gesehen haben. Sie erleben schöne und schreckliche Abenteuer, und wenn sie aufwachen, sind sie noch lange erfüllt davon."

„Woher weißt du das alles?" fragte Sheba erstaunt.

Da grinste Mayaku. „Weil ich es selbst ausprobiert habe", sagte er. „Warum hätten sie mich sonst den Fluß hinuntergeschickt. Sie haben gemeint, ich sei tot, nachdem ich mir das Getränk offensichtlich zu stark gemacht hatte. Balam erzählte mir, daß er mich gefunden hat, damals, und daß er wütend auf mich gewesen sei, weil ich sein Vertrauen mißbraucht hatte. Meinen Tod sah er als gerechte Strafe. Aber meine Familie setzte durch, daß sie mich erst unterhalb des großen Wasserfalles dem Fluß übergaben. Sie drückten mir das Abbild meines Schutzgeistes in die Hand, und so kam ich durch alle Stromschnellen, bis mich der Brujo am großen Fluß aufhielt. Er wußte, was man tun muß, um einen Geist, der sich auf einer langen Reise befindet, wieder zurückzuholen. Er hatte die Mittel dazu. Aber er stahl mir den Jaguar, und ohne ihn konnte ich nicht mehr zurück. Ohne ihn bin ich nicht vollständig, nicht ich."
Mayaku schwieg einen Augenblick. „Ha!" rief er dann laut. „Sie nahmen an, ich sei tot, aber sie irrten sich. Ich bin es noch nicht."
Ein dunkler Schatten fiel über das Boot, und Sheba zuckte zusammen. Aber es war nur eine Wolke, die der Wind vor die Sonne getrieben hatte. Mayaku paddelte langsam, aber das Kanu glitt wie von einer unsichtbaren Strömung getrieben in unverminderter Schnelligkeit über das Wasser. Sie näherten sich dem anderen Ufer. Ein Rauschen lag in der Luft. Es wurde immer stärker und übertönte bald alle anderen Geräusche. Mayaku brachte das Kanu an einer flachen Stelle an Land und legte die Leine um einen nahe stehenden Baum.
„Komm!" sagte er zu Sheba. „Ich kann dir etwas zeigen!"
Sheba fiel es schwer, Mayaku auf dem schmalen ausgetretenen Pfad zu folgen. Er lief rasch vor ihr her, und sie hatte Mühe, hinter ihm zu bleiben. Das Rauschen nahm immer noch zu. Bald lichtete sich das Dickicht, und sie standen auf einem kleinen Felsabsatz. Auf breiter Front fielen die Wasser des Sees über mehrere Stufen nach unten.
„Da unten liegt euer Kanu", sagte der Junge. Er zeigte auf ein kleines Gebüsch hinter den kochenden Wirbeln, und Sheba erkannte das Ende eines Bootes, das auf dem Wasser tanzte.
„Dort liegt es gut." Mayakus Stimme klang zufrieden. „Es ist nicht schlecht, ein Kanu auf dem Fluß zu haben. Es gibt viele Fische da."
Sheba betrachtete die Stufen, über die das Wasser fiel. Irgend etwas an

ihnen war unnatürlich. Die Steine lagen zu gleichmäßig übereinander. An den Rändern, wo das Gelände anstieg, stützten sie den Hang und bildeten zusammen mit der obersten Kante eine Art Sattelrücken. Es dauerte eine Weile, bis sie herausfand, daß es ein künstlich aufgerichteter Staudamm war.

„Er wurde vor langer Zeit von den Ahnen unseres Stammes erbaut. In ihren Baumhäusern, umgeben von Wasser, waren sie schwer angreifbar und sicher vor wilden Tieren. Auch das Ansteigen des Flusses während der Regenzeit kümmerte sie wenig."

Und er erzählte ihr eine Geschichte, die in seinem Volk ebenso überliefert wurde wie die Rezepte des Rauschgetränkes und des Pfeilgiftes.

Sie handelte von einem großen Priesterkönig, der auf das Wohlergehen seines Volkes bedacht gewesen war. Dieser König verirrte sich eines Tages im Wald, und in der Nacht erschien ihm ein Waldgott in Gestalt einer Eule, der ihm empfahl, den Fluß aufzustauen. In dem künstlich entstandenen See sollten sie Hütten in die Bäume bauen und auf der Insel in der Mitte einen heiligen Bezirk einrichten. Dann übergab die Eule dem König einen Kern und befahl ihm, diesen einzupflanzen. In dem an dieser Stelle heranwachsenden Baum verberge sich ein großer Geist. Als Beweis würde ihnen das Blut dienen, das aus seinem Stamm fließe, wenn jemand ihn verletzte. Nachdem der König glücklich zu seinem Volk heimgefunden hatte, führte er die Anordnungen der Eule aus. So wurden sie seßhaft, und die Menschen gewannen Zeit, sich mit vielen anderen Dingen zu beschäftigen. Mit der Weisheit, die die Sterne vermitteln, der Kenntnis der Pflanzen und den Kräften, die unsichtbar das Schicksal beeinflussen. Sie pflanzten den Kern und bauten neben dem daraus erwachsenden Baum die Pyramiden. Früher standen auf diesen Pyramiden Tempel, doch die verfielen mit der Zeit. „Und leider", schloß Mayaku seinen Bericht, „hat der Fluch eines bösen Zauberers unser Volk beinahe zerstört, und die, die übrigblieben, sind heute nicht mehr in der Lage, die Tempel wiederaufzubauen. Deshalb lebt Tamazul in einer Hütte. Die Pyramiden aber bleiben stehen bis an das Ende der Welt."

Sie hatten sich auf die flache Felsplatte gesetzt und die Beine über dem

Abgrund baumeln lassen. Unter ihnen toste das herabstürzende Wasser, wirbelte, kochte und beruhigte sich erst wieder weiter hinten, wo der Fluß es in einem breiten Bett sammelte und weiterschob.
Weder Sheba noch Mayaku hatten bemerkt, daß die Sonne untergegangen war. Erst als eine Fledermaus um ihre Köpfe schwirrte, fiel ihnen auf, daß die Dämmerung bereits den See überschattete. Sheba drängte zum Aufbruch. „Wir müssen gehen!"
Sie eilten über den Pfad zu Mayakus Boot zurück. Der Junge wartete, bis Sheba eingestiegen war, dann machte er die Leine los. Er paddelte rasch und hielt sich im offenen Wasser, bis er die Schneise erreichte. Sheba sah die kleinen Feuer in den Baumhäusern, hörte Lachen und Kinderweinen, hie und da einen Ruf und sonst nur das Plätschern des Wassers am Rumpf des Kanus.
„Adios, Señorita", sagte Mayaku, als sie die Insel erreichten. Die Hütte, vor der Juan schon ein kräftiges Feuer entfacht hatte, lag direkt vor ihnen.
„Adios, Mayaku", sage Sheba. „Gracias."

22. Kapitel

„Da bist du ja", sagte Pablo, als Sheba im Schein des Feuers auftauchte. Sie hockte sich auf den Boden und lehnte sich an die Hüttenwand. „Wir haben uns schon Sorgen gemacht."

Als Juan ihr auf einem Stöckchen einen gebratenen Fisch reichte, nahm sie ihn nur zögernd. Sie hatte keinen Hunger. Jonny, Pablo und der Mestize saßen in einem Halbkreis um das Feuer, und Pablo erzählte, was sie alles erlebt hatten.

Sie waren nach Norden gegangen und auch dort auf viele unbewohnte Hütten gestoßen. Daraufhin hatte sich Jonny die Mühe gemacht, die bewohnten Häuser zu zählen, soweit sie auf festem Boden gebaut waren und soweit er sie auf den im See stehenden Bäumen erkennen konnte. Er war auf zwanzig Familien gekommen. „Es können nicht viel mehr sein", bestätigte Pablo noch einmal Jonnys Rechnung. Der Zahl der verlassenen Hütten nach muß dieses Volk in früheren Zeiten aus mehr als hundert Familien bestanden haben."

Sie entdeckten, daß die Bewohner im nördlichen Teil der Insel bescheidene Anpflanzungen hinter ihren Häusern unterhielten. In diesen Gärten zogen sie viele Kräuter, die Pablo nicht kannte. Einmal lud sie eine Frau in ihre Hütte ein, und sie fanden den einzigen Raum, in dem eine fünfköpfige Familie wohnte, ärmlich und schmutzig. Eines der Kinder hatte Jonnys Gewehr betastet, und als Jonny schimpfte, war es erschrokken davongelaufen.

Pablo hatte sich viele Notizen gemacht. Am Nachmittag schlug Jonny dann vor, daß sie noch einmal versuchen sollten, die Pyramiden zu ersteigen. Er nahm an, von oben einen guten Überblick über die Insel und den See zu haben, und wollte, solange das Licht noch günstig war, gern ein Bild davon machen. Aus der Nähe gesehen waren die Pyramiden schon ziemlich verwittert und brüchig. Die riesigen Steinblöcke paßten so gut aufeinander, daß Pablo nicht einmal die Spitze seines Taschenmessers zwischen sie schieben konnte. Kleine Absätze unterbrachen die schräg nach oben führenden Mauern, und auf den Brüstungen

neben den steilen Treppen waren verschlungene Ornamente eingemeißelt.
Aber bevor sie den Fuß auf die erste Stufe setzen konnten, war der alte Priester dahergekommen. Auf seinem Rücken hatte er ein Netz getragen, das mit den Samenkapseln der Stechapfelbüsche angefüllt war. Balam hatte sie mit unmißverständlichen Gebärden darauf hingewiesen, daß ihnen das Betreten des Hofes und die Umgebung der Pyramiden verboten sei. Und weil sie ihn nicht weiter erzürnen wollten, hatten sie nicht darauf bestanden, sondern waren gegangen.
Das Feuer brannte langsam herunter. Wieder hörten sie Mayakus Flöte. Dieses Mal schienen die Töne von oben zu kommen, als fielen sie vom Himmel oder als hocke Mayaku in einem der riesigen Bäume. Der Wind trieb ihnen den unangenehmen Geruch der Stechapfelsträucher zu. Sheba zog die Beine an und legte das Kinn auf die Knie.
„Und wie war es bei dir?" unterbrach Pablo die Stille.
„Schön", sagte Sheba, und es fiel ihr im Augenblick nichts ein, was sie sonst noch sagen könnte.
„Das reicht nicht", sagte Pablo. „Juan berichtete uns, daß dich Mayaku zu einer Fahrt auf dem See eingeladen hat. Wo wart ihr?"
Da erzählte sie von dem künstlichen Staudamm und dem, was Mayaku ihr dort von der Entstehung der Pyramiden erzählt hatte. Als sie von dem großen Baum sprach, unterbrach sie Pablo: „Das glaube ich nicht."
„Was?" fragte Sheba.
„Daß ein Baum bluten kann wie ein lebendiges Wesen."
„Das sind doch sowieso alles Märchen", sagte Jonny grinsend.
Nur Juan nickte mit dem Kopf, als hielte er ihren Bericht für wahrscheinlich. Sheba schwieg. Sie sah keinen Sinn darin, weiterzuerzählen, wenn die Männer alles in Frage stellten. Sie stand auf und holte sich einen Kienspan. Dann zog sie ihr Heft aus dem Sack, setzte sich wieder hin und schrieb:
71. Tag. Ich weiß nicht, was mit mir los ist. Ich habe das Gefühl, daß es nicht gut war, hierher zu kommen. Die Fahrt mit Mayaku im Kanu war schön. Es ist etwas, das nur uns allein gehört. Wenn es möglich wäre, die Zeit anzuhalten, dann hätte ich es gerne getan. Aber sie läuft weiter. Sollte …

Sie hörte auf zu schreiben und ließ den Stift sinken. Dann stand sie auf. „Gute Nacht", sagte sie unvermittelt, aber die anderen waren so in ihre Unterhaltung vertieft, daß sie es überhörten. Sie drehte sich um und ging in die Hütte. Mayaku hatte aufgehört zu spielen. Nur die Urwaldstimmen klangen über den See. Sheba lauschte ihnen eine Weile. Dann schlief sie ein.

Die Nacht ging vorbei wie ein Augenblick. Als Sheba erwachte, glaubte sie, gerade erst eingeschlafen zu sein, aber es war schon hell draußen, und durch den Hütteneingang schien die Sonne.

Sheba stand auf. Sie brachte ihre Haare in Ordnung und setzte sich zu den anderen. Pablo kratzte für sie eine Wurzel aus dem Feuer und zeigte auf eine angeschnittene Papayafrucht.

„Ich würde viel darum geben, einmal wieder richtig frühstücken zu können", jammerte Jonny. „Mit einem guten heißen Kaffee, mit Spiegeleiern und Speck, Schinken, Käse und Orangenmarmelade." Aber niemand beachtete ihn.

„Wir gehen noch einmal zu den Pyramiden", sagte Pablo zu Sheba. „Gehst du mit?"

Sie nickte.

Es fiel ihr auf, daß Jonny nur sein Gewehr mitnahm. Die Kamera ließ er in der Hütte. Pablo band sich den Gürtel mit der Machete um. Juan blieb da.

Sie benutzten den Weg, den Mayaku ihnen gezeigt hatte. Er führte sie direkt in das Innere der Insel. Nachdem sie das Unterholz verlassen hatten, tauchten sie in die matte Dämmerung unter den Kapokbäumen. Bald nahm der unangenehme Geruch der Stechapfelsträucher zu. Niemand sprach. Einmal trat Sheba in ein Sumpfloch. Zäher Schlamm umschloß ihren Fuß, doch als sie Pablo zu Hilfe rief, drehte er sich ärgerlich um und legte den Finger an die Lippen. „Sei still", sagte er. Aber er lief doch die paar Schritte zurück und reichte ihr die Hand, damit sie sich befreien konnte. Sheba fiel auf, daß die Männer mehr schlichen als gingen. Mißtrauisch sahen sie sich immer wieder um, blieben stehen und lauschten, doch kein fremdes Geräusch drang an ihre Ohren. Wieder standen sie vor der Öffnung am Weg, der in einer geraden Linie auf den heiligen Baum zuführte. Die anderen Bäume blieben hinter ihnen zurück, und das grelle Sonnenlicht erhellte den Hof, die beiden riesigen steinernen Bauwerke und den Baum, der zwischen ihnen klein erschien und der doch mächtiger war als alle anderen Bäume auf der Insel.

Es war heiß. Sheba wischte sich mit der Hand die Haare aus der Stirn. Ängstlich folgte sie Pablo und Jonny, die, ohne sich an Balams Verbot zu halten, den heiligen Bezirk betraten und auf den Baum zugingen.

„Zu welcher Baumfamilie gehört er?" wollte Jonny wissen.

„Das weiß ich auch nicht", erwiderte Pablo.

Sie standen jetzt vor dem riesigen Stamm, und Sheba fuhr mit den Fingerkuppen über die Rinde. Sie war glatt, fast ölig und hart wie Eisen. Sie tastete auf ihr entlang bis dahin, wo er sich mit seinen Wurzelsträngen in den Boden bohrte.

„Ich glaube nicht, daß ein Baum wirklich bluten kann", hörte sie Jonny sagen.

„Warum nicht? Kautschuk- und Ahornbäume bluten doch auch."

„Aber nicht so rot, wie Menschen oder Tiere bluten!"

Und bevor Pablo ihn daran hindern konnte, hatte Jonny ihm die große Machete aus der Hand genommen. Er holte weit aus und schlug zu. Es gab ein helles, fast metallisches Geräusch.

Das große Messer prallte zurück. Jonny strauchelte und hatte Mühe, sein Gleichgewicht zu halten. Die scharfe Klinge war nur wenige Millimeter weit durch die Rinde gedrungen und hatte das darunterliegende Holz aufgekratzt. Langsam quoll aus der Wunde ein blaßroter Saft. Er rann seitlich über die Wölbung, tropfte auf den Boden und versickerte in der Erde.

„Blut!" flüsterte jemand entsetzt, und Sheba wußte nicht, wessen Stimme es gewesen war, Pablos, Jonnys oder ihre eigene. Sie merkte nicht, daß sie mit weit aufgerissenen Augen das rote Rinnsal betrachtete, doch allmählich kam ihr zu Bewußtsein, was Jonny angerichtet hatte. Sie sah ihn wütend an. Dann stürzte sie davon. Es war ihr unmöglich, den Baum bluten zu sehen, und sie wollte weder Pablos noch Jonnys Rechtfertigungen hören. Sie hatte den Wunsch, allein zu sein. Immer schneller hastete sie den Weg entlang und auf dem schmalen Pfad durch den Urwald der Hütte zu. Dann fiel ihr ein, daß sie Juan dort antreffen würde. Er würde ihr Fragen stellen, und sie müßte Erklärungen abgeben, zu denen sie keine Lust hatte. Deshalb folgte sie einem Pfad, der sie von der Hütte fortbrachte, durchquerte einen kleinen Wald wilder Bananen, und als sie ein Bambusdickicht erreichte, wußte sie, daß sie in der Nähe des Ufers war. Sie blieb einen Augenblick stehen, um Luft zu holen. Der Schweiß rann ihr in die Augen, und ihre Bluse klebte am Rücken. Sie lief ein Stück weiter, bis sie zwischen den hohen Bambusstengeln eine offene Stelle am Wasser entdeckte. Sie knickte ein paar Rohre um und hockte sich hin. Erst als sie saß, merkte sie, daß die Luft vor ihren Augen flimmerte und daß ihr schwindlig war. Es dauerte lange, bis sie sich beruhigte, bis sie das Quaken der Frösche wieder vernahm und das Gesumme der Mücken, das leise Wispern des Windes und die Vogelrufe. Das von der Wasseroberfläche reflektierende Sonnenlicht blendete sie, und sie schloß die Augen. So schlief sie ein, auf den Bambusstengeln sitzend, mit dem Kopf auf den Knien.

Die Sonne hatte ihren höchsten Punkt schon lange überschritten, als sie wieder aufwachte. Irgend etwas hatte sie geweckt, aber sie wußte nicht, was es gewesen war. Dann spürte sie auf einmal, daß sie beobachtet wurde, und als sie sich umdrehte, stand Mayaku hinter ihr.

„Die Señorita wird gesucht", sagte er.

Sheba starrte ihn an wie einen Geist. Dann fiel ihr alles wieder ein. Wieder sah sie das rote Rinnsal vor sich, wie es auf den Boden tropfte und in der Erde versank.

„Was ist passiert, Mayaku?" fragte sie ängstlich und meinte, nachdem sie weggelaufen war und die Männer allein gelassen hatte.

„Balam, was sagt er dazu?"

„Balam ist traurig, aber nicht böse. Er sagte, die Fremden hätten keine Achtung vor Bäumen, und wahrscheinlich hätte Señor Jonny nicht gewußt, was er tat, als er das Messer in die Rinde schlug."

„Kam er dazu?"

„Wir sahen die Señorita weglaufen, und da dachten wir uns, daß irgend etwas geschehen sein mußte."

„Und was wird er mit uns machen?" fragte Sheba.

„Nichts", antwortete Mayaku. „Es ist vorbei. Der Baum wird nicht daran sterben. Er hat schon aufgehört zu bluten.

Der Junge stand da und wartete, daß Sheba aufstand und mit ihm ging. „Setz dich hierher!" bat das Mädchen. „Ich hab jetzt keine Lust, Pablo oder Jonny zu begegnen." Wortlos nahm Mayaku neben ihr auf dem Bambushaufen Platz. Sie schwiegen eine Weile und betrachteten die Oberfläche des Sees, auf der der Abendwind leichte Wellen kräuselte.
„Balam hat mit Señor Pablo ausgemacht, daß ihr uns verlaßt, wenn das Fest vorbei ist", sagte Mayaku.
„Welches Fest?"
„Das Fest der Mondjagd. Es ist das zwölfte."
Sheba sah ihn fragend an. „Was bedeutet das? Ich verstehe nicht."
„Zwölfmal im Jahr besucht der Mond die Erde. Dann wird es finster am Himmel, und in der Finsternis bedrohen uns böse Dämonen. Deshalb jagen wir den Mond so lange, bis er die Erde wieder verläßt und am Himmel erscheint. Elfmal jagt Balam mit uns. Beim zwölftenmal kommt Tamazul von der Pyramide herunter. Er bringt uns die Kraft für das nächste Jahr. Übermorgen ist es soweit. Balam hat Señor Pablo, Señor Jonny, Juan und die Señorita eingeladen, dabeizusein, wenn sie versprechen, anschließend die Heimreise anzutreten."
„Und mein Vater, was hat er dazu gesagt?"
„Er hat es versprochen", sagte Mayaku.
Wieder trat eine Pause ein. Die Sonne ging unter. Auf dem Wasser erschien ein zum nächsten Ufer hinüberführender Streifen roten Lichtes. Es war die Zeit der Zikadengesänge.
„Was bedeutet euch der Baum, Mayaku?" fragte Sheba.
„Birollo, der Gott des Waldes, lebt bei uns in Gestalt eines Baumes. Er spendet uns Schatten und beschützt uns."
Der Junge flüsterte beinahe. „Ihr habt ihn verwundet, und dadurch wird nichts mehr so sein wie früher. Das Messer hat nicht nur ihn verletzt, es hat auch uns getroffen. Wir sind, gemessen an euch, arm an äußerlichen Dingen, aber reich an Gedanken, die unsere Vorfahren uns mitgegeben haben. In diese Welt seid ihr eingedrungen. Ihr habt sie verwundet, und diese Wunde wird nicht mehr heilen. Das habe ich schon in der Stadt gesehen, und deshalb wollte ich verhindern, daß ihr herkommt. Der alte Mann, bei dem ich wohnte, hatte mich gewarnt. Er hatte alles vorausgesagt."

„Dann hast du gehofft, daß wir im Wald umkommen, als du wegliefst?" fragte Sheba empört. Aber Mayaku beteuerte, daß er angenommen habe, ohne ihn würden sie ihren Plan aufgeben und zum Schiff zurückkehren. Er hatte nicht mit Pablos Hartnäckigkeit gerechnet.
Sheba sah, daß Mayaku die Bambusflöte im Hüftrock stecken hatte. „Spiel mir etwas vor!" sagte sie. Doch der Junge schüttelte den Kopf. „Es ist jetzt nicht die Zeit dafür. Und auch nicht der rechte Ort."
Er stand auf.
„Es ist schon dunkel. Wir müssen gehen!"
Ein paar Sterne flimmerten am Himmel, und der Mond war nur noch ein schmaler Bogen.
Sheba folgte Mayaku auf dem Uferpfad. In der Dunkelheit kamen ihr die Büsche, die umgestürzten Bäume, Lianen und das Strauchwerk unheimlich vor. Sie erinnerte sich an die Gestalt am Ufer und an den Schrei. Über ihren Rücken lief ein Schauer. Sie blieb stehen und sah sich um. Aber hinter ihr war alles ruhig.
„Komm", sagte Mayaku. „Wir sind gleich da."
Und sie war froh, als sie die Hütte erreichten und Juan, Pablo und Jonny am Feuer sitzen sah.

23. Kapitel

Pablo fragte nicht, wo Sheba gewesen war, als sie aus dem Dunkeln auftauchte und sich zu den anderen ans Feuer setzte.

Juan hatte Fische gefangen und im Feuer gebraten. Sheba konnte keine Fische mehr sehen. Wenn wir zurückkommen, will ich nie wieder Fisch essen, dachte sie, in meinem ganzen Leben nicht mehr.

„Was machen wir morgen?" fragte Jonny Pablo. Er warf eine abgenagte Schwanzflosse hinter sich in die Büsche. Als er keine Antwort erhielt, wendete er sich Sheba zu: „Übermorgen findet hier ein Fest statt, und danach geht es heimwärts."

„Ich weiß", sagte Sheba, ohne ihn anzusehen. „Mayaku hat es mir erzählt." Sie saß mit untergeschlagenen Beinen ein Stück vom Feuer entfernt, hielt in beiden Händen einen Fisch und knabberte daran herum. Es waren Fische mit vielen Gräten und wenig Fleisch. Sheba hätte viel darum gegeben, sie etwas salzen zu können. Aber sie hatten schon lange kein Salz mehr.

„Der seltsame Gebieter wird von seiner Pyramide herabsteigen und sich uns zeigen", witzelte Jonny, doch niemand lachte.

Sheba beobachtete die Nachtfalter, die um die Flammen schwirrten. Einer von ihnen stürzte ab und verbrannte. Das Singen der Zikaden verstummte allmählich.

Sie holte ihr Heft und schrieb im Schein des Feuers:

72. Tag. Jonny geht mir entsetzlich auf die Nerven. Wie Pablo das aushält, verstehe ich nicht. Wenn ich ihn nur ansehe, werde ich schon wütend, der dünne, lächerliche Bart und das fast immer schweißüberströmte Gesicht und dann das blöde Gerede! Heute habe ich das Wort „Frevel" verstehen gelernt. Das geht mir oft so – oberflächlich weiß ich, was ein Wort bedeutet, aber wenn ich es einmal erfahren habe, verstehe ich es erst richtig. Ich könnte mir Mayaku nie bei uns daheim vorstellen, in einem richtigen Anzug auf einer Straße, mitten zwischen Autos. Er gehört zum Urwald wie die Bäume, Vögel und die Blumen. In zwei Tagen verlassen wir die Insel. Ich darf gar nicht daran denken.

Sheba steckte das Heft wieder weg und kletterte in ihre Hängematte. In zwei Tagen – nicht daran denken, dachte sie. Dann schlief sie ein.
Am anderen Morgen brachte ihnen Mayaku einen Korb voll Wurzeln und Früchte und dazu eine Kalebasse mit frischem Wasser. Bisher hatten sie ihren Bedarf durch die sturzflutartigen Regenfälle gedeckt. Sie hatten Gefäße ins Freie gestellt und nie lange warten müssen, bis diese überliefen. Aber das Regenwasser schmeckte fad.
„Gracias", sagte Pablo, als Mayaku die Sachen vor der Hütte abstellte.
Der Junge lächelte ihn an.
„Das Fest beginnt morgen, wenn die Sonne ihren höchsten Punkt erreicht hat", sagte er. „Dann erwartet euch Balam auf dem Platz vor dem großen Baum."
„Wir werden da sein."
„Heute muß ich bei den Vorbereitungen helfen", fuhr Mayaku fort. „Aber wenn die Señorita Lust hat, dann komme ich gegen Abend mit dem Kanu und hole sie zu einer Fahrt auf dem See ab."
„Fein", rief Jonny, „da komme ich mit!" Aber Pablo sah ihn an und schüttelte den Kopf. „Du warst nicht eingeladen."
Verärgert spuckte Jonny auf den Boden.
Da fiel Pablo noch etwas ein.
„Mayaku, kannst du mir eine Frage beantworten, die mich schon lange beschäftigt?" sagte er.
„Bitte, Señor."
„Warum stehen so viele Hütten leer?"
„Weil der Fluch eines Zauberers ihre Bewohner vernichtete."
„Wie kam das?"
„Balam berichtete, daß unser Volk einmal Streit hatte mit einem anderen Stamm. Einer der unseren erschlug ihren Häuptling. Kurz darauf erkrankten viele von uns. Niemand konnte helfen, nicht mal der Priester, der alle Götter anrief und die Geister beschwor. Sie wurden ganz heiß, legten sich hin und starben."
„Wann war das?"
„Lange vor Balams Zeit."
„Danke, Mayaku. Jetzt weiß ich, was ich wissen wollte."
Mayaku drehte sich um und ging weg.

An diesem Tag hatten sie nichts Besonderes vor. Pablo arbeitete an seinen Notizen. Er wollte sie zu Hause mit den Berichten über andere Stämme vergleichen Er genoß die Arbeit, und als er vor der Hütte auf dem Boden hockte, vergaß er alles um sich herum. Jonny ordnete und numerierte die belichteten Filme. Er zählte sie zusammen und stellte den Bestand der unbelichteten fest, die ihm noch geblieben waren. Später machte er einen Streifzug in den nahen Wald, um Blüten und Käfer zu fotografieren. Juan ging wie immer zum Fischen, und Sheba begleitete ihn. Es war besonders heiß an diesem Tag. Die feuchte Hitze machte das Atmen schwer. Es war ein Tag, den man am besten im Schatten eines Baumes oder einer Hütte verdämmerte. Der See lag träge wie flüssiges Blei im flirrenden Licht.
Juan ging ein Stück am Ufer entlang, und als er unter einem Baum, dessen Äste weit hinausreichten, einen günstigen Platz entdeckte, ließ er sich dort nieder und holte die Angelschnur aus der Tasche. Sheba sah ihm zu. Mit ruhigen Bewegungen befestigte er den Köder am Haken und warf ihn aus. Aber es war, als sei es auch den Fischen zu heiß, als hätten sie sich satt und müde in die kühlen Tiefen des Sees verzogen.
Keiner biß an.
Sheba streifte ihre Schuhe ab und ließ ihre Füße ins Wasser hängen. Sie legte sich zurück, betrachtete den Himmel, der durch die Zweige schimmerte, und lauschte dem Rufen der Frösche. Irgendwann schlief sie ein, und als sie wieder erwachte, stand die Sonne schon weit im Westen. Es war immer noch sehr heiß. „Señorita", rief Juan, und das klang ein wenig ungeduldig, als habe er schon einmal gerufen. „Wach endlich auf! Du wirst abgeholt!"
Mayaku kam mit dem Kanu am Ufer entlang.
„Buenas tardes", sagte er verlegen. „Ist die Señorita soweit?" Sheba kletterte in das schmale Boot und setzte sich mit dem Rücken zur Fahrtrichtung. Mayaku stieß ab. Er paddelte mit schnellen, kräftigen Schlägen. Sheba beobachtete, wie ihm der Schweiß in Strömen herunterlief und seine Brust sich immer rascher hob und senkte, wenn er keuchend nach Atem rang. Nachdem sie das Wasser außerhalb des Baumgürtels erreicht hatten, steuerte er das gegenüberliegende Ufer an und hielt dann das Boot immer in einem bestimmten Abstand davon.

Hier reichte der Wald bis in den See. Riesige, sich ineinander verfilzende Mangrovenbäume klammerten ihre Wurzeln in den schlammigen Untergrund. Immer wieder streiften herabhängende Lianen Shebas Kopf, wenn sie nicht rechtzeitig auswich. Sie scheuchten zwei Tukane auf, die in den Sträuchern zwischen den Bäumen geruht hatten, und beobachteten, wie sie von Zweig zu Zweig vor ihnen herflatterten. Die feuchtheiße Luft war hier fast unerträglich, und Sheba kam es vor, als strahlten die Pflanzen die Hitze zurück, die sie untertags aufgespeichert hatten. Der faulige Geruch des stehenden Wassers verursachte Übelkeit. Dann, als habe er ein nur ihm bekanntes Zeichen entdeckt, steuerte der Junge das Kanu mitten in den Mangrovenwald hinein, ließ es nach zwei, drei Paddelschlägen auslaufen und bremste nur ab und zu auf der einen oder anderen Seite, damit es nicht mit einem Baum zusammenstieß.
„Aqui", sagte er plötzlich und blickte über Shebas Schulter hinweg auf etwas, das sich hinter ihr befand und zu dem sie sich umdrehen mußte. Auf einem alten, im Wasser langsam verfaulenden Stamm wuchs ein Strauch, der über und über mit gelben Blüten bedeckt war. Wie kleine runde Sträuße hingen sie an den Zweigen und schienen so fremd im Dämmerlicht des Mangrovendickichts und so unwirklich schön, daß Sheba vor Staunen „Oh!" rief.
„Schschsch!" zischte Mayaku und legte den Finger auf die Lippen. Sein Blick wanderte suchend über die Blütensträuße.
Dann stieß er auf einmal mit seinem Fuß an Shebas Fuß, und als sie ihn ansah, zeigte er ihr mit den Augen, weshalb er sie hierher geführt hatte. Ein winzig kleiner, smaragdgrüner Vogel schwirrte vor einer Blüte in der Luft. Er bewegte seine Flügel so schnell, daß sie nicht mehr erkennbar waren. Dann schoß er auf einmal vorwärts, tauchte den langen Schnabel in den Blütenkelch und trank.
Es war nicht der erste Kolibri, der Sheba begegnete, aber noch nie hatte sie ihn so nahe gesehen und beobachten können, wie er, ähnlich einem großen Insekt, von Blüte zu Blüte flatterte, um den Nektar zu trinken.
„Sei leise!" ermahnte Mayaku sie flüsternd, als sie ihre Beine über die Bank schwang, um den Vogel besser beobachten zu können. „Ich kann dir eine Geschichte von ihm erzählen, willst du sie hören?"
Ohne den Blick von dem kleinen Vogel zu wenden, nickte Sheba.

„Es war einmal ein schönes Mädchen", begann Mayaku. „Als es eines Tages im Wald nach Kräutern suchte, vernahm es eine wunderbare Melodie. Sie war so traurig, daß sie weinen mußte, und dann wieder so lustig, daß sie ihre Kalebasse fallen ließ und lachend tanzte. Als sie der Melodie nachging, fand sie den Kolibri, der auf einem Zweig saß und sang. Er gefiel ihr so gut, daß sie sich in ihn verliebte, und weil sie so schön war, nahm sie der Kolibri mit sich nach Hause, um sie zu seiner Frau zu machen. Doch sein Haus war so klein, daß das Mädchen keinen Platz darin fand. Deshalb kehrte es weinend in sein Dorf zurück. Am Abend kam der Kolibri vor die Hütte, in der es wohnte, und sang sein Lied, um es zu locken. Das Mädchen lauschte und sagte: ‚Der Kolibri ist's.' Es ging aber nicht mehr zu ihm. Jeden Abend kam der Kolibri und sang seine schönsten Weisen. Das Mädchen hörte aber nicht auf ihn, weil er ein so kleines Haus hatte."

Während Mayaku erzählte, hatte Sheba den kleinen Vogel beobachtet, bis sie ihn aus den Augen verlor. Das Kanu trieb an dem blühenden Strauch vorbei, ohne daß sie es bemerkte. Erst als ein Fisch neben ihnen hochsprang und platschend ins Wasser zurückfiel, schreckte sie auf und sah, daß auch Mayaku bewegungslos auf seiner Bank hockte.

„He, Mayaku", sagte sie. Da nahm er die Paddel wieder in die Hand und trieb das Boot vorwärts.

Draußen auf dem See war es kühler. Eine kleine Brise brachte Erfrischung, und Sheba atmete etwas freier, sie beobachtete, wie vorsichtig der Junge die Paddel ins Wasser tauchte und nach hinten durchzog. Seine Hände umklammerten den schlanken Stiel, und wenn er sich anstrengte, traten die Sehnen hervor.

„Warum trägst du das Zeichen auf der Hand?" fragte sie und wunderte sich über ihren Mut, ihn das zu fragen.

Mayaku sah sie erstaunt an und betrachtete seinen Handrücken. „Es war immer schon so, daß die Auserwählten dieses Zeichen tragen", sagte er, „Balam trägt es und Tamazul auch, obwohl er es nicht braucht." Er schwieg.

„Wieso braucht er es nicht?" fragte Sheba neugierig.

„Yambik, der Gott, der den Wald und den Fluß erschaffen hat, dem die Wolken gehorchen und der Wind, bezeichnet den, der über die Pyramiden und das ganze Volk gebietet, selbst. Schon wenn er geboren wird, wissen wir, wer dazu bestimmt ist, dort zu wohnen. Balam ist nur ein Priester. Er wurde von Antuasch, seinem Vorgänger, dazu ernannt, Antuasch von Tsamarin und so fort. Balam hat mich zu seinem Nachfolger bestimmt, und deshalb trage ich das Zeichen."

„Und was bedeutet es?"

„Ein Pfeil ist schnell wie der Blitz. Indem er tötet, bewahrt er das Leben durch die Herbeischaffung von Nahrung oder die Vernichtung unserer Feinde. Er bedeutet Stärke, und das ist es, was wir brauchen."

Sheba erkannte auf einmal, wie sinnvoll das Zeichen war. Stärke brauchte vor allem der Priester, der sie dem Volk weitergab, indem er ihm Mut zusprach und zwischen ihm und den Göttern vermittelte.

Noch vor Sonnenuntergang erreichten sie die Insel. Mayaku legte in einer kleinen Bucht an, zog das Boot ans Ufer und machte es mit einer Leine fest. „Es muß hierbleiben", erklärte er. „Für euch."

Sheba fuhr zusammen. Sie hatte beinahe vergessen, daß sie mit dem übernächsten Sonnenaufgang die Heimfahrt antreten würden. Hier gefiel es ihr. Warum mußte man etwas verlassen, was man gar nicht verlassen wollte?

Traurig folgte sie Mayaku auf dem Pfad durch das Dickicht. Es war noch hell. Die Sonne stand dicht über den Höhenzügen im Westen. Das schräg durch die Halme fallende Licht malte Streifen auf den Boden. Der Weg, den Mayaku benutzte, war Sheba bekannt. Sie überlegte gerade, daß sie ihn bald zum letztenmal gehen würde, als sie an eine Ausbuchtung kamen, die ihr vorher nie aufgefallen war. Mitten zwischen geknickten Blättern und Stengeln hockten dicht zusammengedrängt auf einer Stelle Hunderte von gelben kleinen Schmetterlingen.

„Was bedeutet das, Mayaku?" fragte Sheba.

Es war, als ob der Boden blühte, und sie wußte genau, daß sie so etwas schon einmal beobachtet hatte. Aber sie konnte sich nicht erinnern.

„Weißt du das nicht, Señorita?" antwortete der Junge.

„Nein, sag's mir!"

„Es ist nichts."

Er lügt, dachte Sheba. Warum lügt er mich an? Was hat er für einen Grund?

Mayaku verabschiedete sich, als sie die Hütte erreichten.
„Buenas noches", sagte er höflich und trabte leichtfüßig davon. „Juan", fragte Sheba, nachdem Mayaku verschwunden war. „Was bedeutet es, wenn auf einer Stelle dicht zusammengedrängt viele Schmetterlinge sitzen?" Und sie beschrieb es ihm genau. Juan, der zuerst kaum zugehört hatte, sah sie plötzlich erschrocken an. Sein braunes Gesicht wechselte die Farbe.
„Sie trinken Urin", sagte er, und da fiel es Sheba wieder ein. Auf ihrem Weg durch den Wald hatten sie die Schmetterlinge schon einmal gesehen, und Juan hatte ihr damals erklärt, daß dort zuvor ein Jaguar gewesen sein mußte. Aber gerade, als sie ihn fragen wollte, ob er glaube, daß auch hier eine große Katze die Stelle markiert haben könnte, fiel ihr seine Angst vor Chulla Chaqui ein, dem jaguarähnlichen Gott, und sie unterließ die Frage.
Sie holte ihr Heft heraus und schrieb:
73. Tag. Morgen feiern sie das große Fest. Das Mondfest, wie sie es nennen. Es bedeutet, daß wir hier weg müssen. Heute morgen hat Pablo geäußert, daß er noch lange nicht genug über das Volk hier weiß, aber daß das, was er bisher gesehen hat, für einen Artikel in der Zeitschrift, die alles bezahlt hat, ausreicht. Er hofft, durch diese Veröffentlichung wissenschaftliche Institutionen auf sich aufmerksam zu machen, die ihm eine neue Expedition hierher finanzieren. Aber er denkt sicher nicht daran, daß daraufhin auch andere den Weg hierher finden: Weiße, Händler, Missionare, Geologen, Touristen.
Sheba hörte auf zu schreiben, um besser nachdenken zu können.
Mit Mayaku ist das so eine Sache, schrieb sie dann weiter. *Wenn wir zusammen sind, und es ist niemand dabei, redet er anders, offener oder so. Vielleicht macht er das nur, weil er weiß, daß wir etwa gleichaltrig sind. Ich mag ihn.*
Sie legte ihr Heft wieder weg und ging schlafen.
In dieser Nacht hatte sie einen merkwürdigen Traum. Sie saß eingesponnen in einen Kokon weißer Fäden und lauschte dem Lied eines Kolibri. Dann war es auf einmal Mayakus Flöte, und sie versuchte, sich zu befreien und das Gespinst der Fäden zu zerreißen. Von außen half ihr eine Hand dabei. Sie trug das Zeichen mit dem Pfeil. Aber Sheba wachte

auf, bevor es ihr gelungen war, herauszukommen, weil sie sich selber schreien hörte.

„Was ist?“ fragte Pablo schlaftrunken, und als Sheba ihm sagte, daß sie geträumt hatte, murmelte er noch: „Dreh dich um, schlaf weiter!“

Aber sie konnte nicht mehr einschlafen und lag wach, bis die Sonne aufging.

24. Kapitel

An diesem Morgen brachte ihnen niemand etwas zum Essen. Vor Sonnenaufgang war ein heftiger Regenguß über dem See niedergegangen, und als Sheba aufstand und vor die Hütte trat, trieben Nebelschwaden über dem Wasser. Juan suchte alles Eßbare zusammen, was er noch fand, und fachte ein kleines Feuer an, um es darin zu braten.

Nach dem Frühstück packten sie ihre Reisesäcke und schafften sie zusammen mit den Hängematten und den Moskitonetzen zu dem am Ufer liegenden Kanu, denn Balam hatte zur Bedingung gemacht, daß sie die Insel gleich nach Beendigung des Festes verlassen sollten, ohne noch einmal zur Hütte zurückzukehren.

Als sie an die Stelle kamen, an der Sheba am Abend vorher die Schmetterlinge beobachtet hatte, war nichts mehr von ihnen zu sehen.

„Der Regen hat sie vertrieben", sagte Juan, als sie ihn danach fragte. Er ging schnell weiter.

Auf dem See war es ruhig. Sie sahen weder ein Kanu noch irgendeine Bewegung bei den Baumhäusern. Die Sonne stand schon hoch, als sie noch einmal zu der Hütte zurückgingen. Pablo sah sich um.

„Jetzt waren wir nur wenige Tage hier, und schon hat man sich so eingelebt, daß man nur ungern wieder fortgeht." Er sprach das aus, was Sheba die ganze Zeit dachte, und sie war ihm dankbar dafür.

„Ja, ja, das Leben geht weiter", sagte Jonny leichthin, während er sich die Taschen mit Filmen vollstopfte. Erst in diesem Augenblick, als Pablo sich wütend umdrehte, entdeckte er, daß Jonny nicht nur die Kamera, sondern auch das Gewehr über der Schulter trug. „Laß es da!" fuhr er ihn an.

„Was?" fragte Jonny unschuldig.

„Du weißt genau, was ich meine", schrie Pablo zornig. „Das Gewehr!"

„Wo soll ich es lassen?"

Und gerade, als Pablo „hier in der Hütte" sagen wollte, fiel ihm ein, daß sie das ganze Gepäck schon im Boot verstaut hatten und es jetzt zu spät dazu war, das Gewehr auch noch dahin zu bringen.

Sein Gesicht wurde rot vor Zorn.
Sheba verließ die beiden. Sie wollte nicht dabeisein, wenn ihr Vater einen Wutanfall bekam. Sie kannte ihn gut, aber er würde dieses Mal nachgeben müssen oder Balams Anweisung zuwiderhandeln. Sheba wußte genau, daß Pablo das bedachte. Es blieb ihm gar nichts anderes übrig, und als er nach einer Weile aus der Hütte kam und „Vamos!" sagte, wußte sie, daß Jonny gewonnen hatte.
Sie benutzten den kurzen Weg, der direkt durch das Unterholz und den Wald zu dem Platz führte, auf dem die Pyramiden standen. Unter den hohen Bäumen war die Mittagshitze erträglich. Pablo ging schnell. Als sie durch die Öffnung der Stechapfelbüsche traten, sahen sie, daß Mayakus Volk sich bereits versammelt hatte. Etwa hundert Indianer hockten in zwei Halbkreisen im Schatten des großen Baumes, die Männer innen, Frauen und Kinder außen. In der Mitte direkt vor dem Stamm stand Balam und rührte in einem Topf, der über einem Feuer hing.
Mayaku kam auf sie zu, als er sie sah. Es schien, als habe er sein Lendentuch für diesen Tag besonders sorgfältig gebunden, und seine Haare glänzten vor Fett. An seinem Hals hing der kleine hölzerne Jaguar. Nachdem er sie zu einer schattigen Stelle innerhalb der Begrenzungsmauer geführt hatte, sagte er: „Balam bittet euch, hier zu bleiben. So oft ich kann, will ich kommen und eure Fragen beantworten." Dann ging er wieder zu den anderen zurück. Jonny, Sheba und Juan ließen sich auf dem Boden vor der kleinen Mauer nieder. Die Steine in ihrem Rücken kühlten ihre vom Laufen erhitzten Körper, und sie kamen sich vor, als säßen sie in der ersten Reihe vor einer Bühne, auf der gleich ein großes Schauspiel stattfinden würde. Sheba zitterte vor Aufregung, aber sie zwang sich dazu, alles sorgfältig zu beobachten. Es tat ihr gut, und nach einer Weile entspannte sie sich wieder.
Die Männer im inneren Halbkreis um Balam hockten stumm mit untergeschlagenen Beinen da. Sie hatten sich mit Bändern geschmückt, auf denen bunte Vogelfedern aufgereiht waren, und trugen diese über Kreuz gebunden um Arme und Beine. Merkwürdige, hutähnliche Gebilde schaukelten auf ihren Köpfen hin und her, und ihre Gesichter waren über und über mit roter Farbe bemalt. Einige trugen braunrote,

andere weiße Tücher um die Hüften. Im Gegensatz dazu waren die Gewänder der hinter ihnen sitzenden Frauen in allen ihnen zur Verfügung stehenden Farben eingefärbt. Ihre langen dunklen Haare hingen offen über die Schultern herab und wurden nur durch Federbänder aus der Stirn gehalten. Die jungen Mädchen hatten sich Ketten aus Blumen um den Hals gehängt. Am erstaunlichsten sah Balam aus. Über dem würdigen alten Gesicht mit den schon etwas müden Augen schwankte eine hohe zylinderartige Kopfbedeckung, die reich mit bunten Tukanfedern verziert war. In seinen Ohren trug er große runde Pflöcke und um seinen Hals einen breiten, prächtig ziselierten Brustschmuck.
„Gold!" flüsterte Jonny. „Wo haben sie das her?"
Auch Pablos Augen blieben überrascht an Balams Schmuck hängen. „Vermutlich aus den Bergen", sagte er. Er hatte angenommen, daß dieses Volk keine Metalle kannte, weil er nichts dergleichen in den Hütten gesehen hatte. Die goldene Kette belehrte ihn eines Besseren.
Doch seine Aufmerksamkeit wurde bald auf etwas anderes gelenkt. An den beiden Enden der Halbkreise, rechts und links des dicken Stammes und in einigem Abstand zu der Linie der Männer, ließen sich sechs Indianer nieder, die Musikinstrumente trugen. Einer von ihnen war Mayaku mit seiner Flöte, vier brachten Trommeln mit, und der sechste trug in jeder Hand kalebassenähnliche Früchte, die er offensichtlich als Rasseln benutzen wollte. Kaum saßen sie, da nahm Balam den Topf vom Feuer und stellte ihn in einiger Entfernung auf den Boden. Als er einen Schritt nach vorne tat, sprangen die Indianer hoch und machten ihm eine Gasse frei, durch die er den Schatten des Baumes verließ. Er ging auf einen Pfahl zu, der mitten auf dem Platz in den Boden gerammt worden war. Während alle außer den Musikanten aufstanden und ihn umringten, blieb er vor ihm stehen und starrte auf den Schatten des Pfahles, der mit der steigenden Sonne immer kürzer wurde.
Über dem Platz lag eine unheimliche Stille. Sheba wagte kaum zu atmen.
Dann, als sich der Schatten immer weiter in den Pfahl zurückzog, bis dieser schließlich allein in der glutheißen Sonne stand, ließ Balam auf einmal die Arme fallen. Der einsetzende Trommelwirbel ging in dem Aufschrei der Menge unter. Während die Frauen rhythmisch in die

Hände klatschten, begannen die Männer stampfend zu tanzen. Das Fest hatte begonnen.
„Sonnenwende", erklärte Pablo den anderen. „Wir haben Glück, daß der höchste Stand der Sonne mit dem Mondwechsel zusammentrifft. Das ist für die Indianer ein besonderer Tag."
Sheba hörte ihm zu, ohne den Blick von den Tänzern abzuwenden. Sie sprangen von einem Bein auf das andere und drehten sich um ihre eigene Achse. Bald waren sie schweißüberströmt, und die Tupfen und Linien ihrer Bemalung zerliefen.
Immer noch stand Balam ruhig da und beobachtete den Pfahl. Dann hob er auf einmal wieder die Arme. Die Musik verstummte, und der Tanz brach ab. Der Schatten war wieder da. Die Sonne hatte den höchsten Punkt ihrer Laufbahn überschritten.
Der Abbruch geschah so plötzlich, daß es Sheba verstörte. Sie hatte sich gerade an die Trommeln gewöhnt und auf den Rhythmus des Tanzes eingestellt, hatte mit Erfolg der Versuchung widerstanden, auch in die Hände zu klatschen. Es war auf einmal alles vorbei, bevor es richtig anfing. Balam ging zu dem Topf zurück und rührte ein paarmal darin um. Dann schöpfte er mit einer Kalebasse etwas von dem Getränk heraus und reichte es dem ihm am nächsten stehenden Mann. Nachdem sich alle wieder im Schatten des Baumes niedergelassen hatten, ging das Gefäß unter den Männern von Hand zu Hand. Jeder nahm einen Schluck und gab es weiter. Nur Mayaku stand auf und kam gemächlich über den Platz. Er setzte sich neben Pablo auf den Boden.
„Trinkst du nicht?" fragte ihn Jonny.
„Balam hat es mir verboten", antwortete Mayaku traurig.
„Es ist die Strafe dafür, daß ich einmal versucht habe, es nur für mich selbst zuzubereiten. Dieses Mal muß ich ohne die Kraft des Getränkes den Mond jagen. Das wird schwer und gefährlich." Keiner wagte, ihn weiter danach zu fragen.
Sie saßen still und warteten, was als nächstes geschehen würde. Es blieb lange ruhig. Auch Balam ließ sich zwischen den Männern nieder, aber wenn die Reihe an ihm war, reichte er die Schale weiter, ohne sie an die Lippen zu setzen.
Sheba spürte die Hitze. Sie machte sie schläfrig, doch sie versuchte unter

Aufbietung aller Energie wach zu bleiben. Der Schatten der Mauer lag jetzt auf der anderen Seite.
„Trinkt Balam nichts?" fragte Jonny nach einer Weile, und Sheba hatte den Eindruck, daß er nur etwas fragte, weil er die Stille nicht mehr ertragen konnte.
„Er holt sich die Kraft, die er braucht, aus der Rinde des Birollo", antwortete der Junge. „Ihm genügt eine Nagelspitze voll Rindenpulver, um so stark zu werden, wie er es braucht. Er tut es in die Nase."
Die Sonne zog langsam über den Himmel, und der Schatten des Pfahles wuchs.
Da stand einer der Männer auf. Er trat in die Mitte des Halbkreises und drehte den anderen den Rücken zu. Dann erhob er seine Stimme und sprach. Sie konnten ihn nicht verstehen, aber es kam ihnen so vor, als rede der Mann mit dem Baum, als erzähle er ihm eine Geschichte. Er sprach in einem immer gleichen Tonfall und veränderte auch die Lautstärke nicht.
„Was tut er da?" fragte Pablo.
„Er hat im vergangenen Jahr seinen Bruder verloren", antwortete Mayaku. „Das erzählt er jetzt dem Gott des Waldes." Und dann übersetzte er ihnen, was der Mann sagte. Eines Tages sei sein Bruder flußabwärts gefahren, weil er jagen gehen wollte, als auf einmal ein großer weißer Fisch neben seinem Kanu aus dem Wasser tauchte. Der Fisch habe Augen gehabt wie ein Mensch und Brüste wie ein junges Mädchen, und als er den Bruder mit betörender Stimme ansprach, ist dieser schwach geworden und hat sich mit ihm eingelassen, obwohl er seine Hütte bereits mit einer Frau teilte. Immer wieder besuchte der Mann das Fischmädchen, doch dann bekam sie heraus, daß er schon verheiratet war. Da nahm sie ihn mit sich ins Wasser, und er kehrte nie mehr zu seiner Familie zurück.
Als der Mann geendet hatte, setzte er sich wieder hin, und ein anderer Mann stand auf. Auch er erzählte dem Baum eine lange Geschichte, die Mayaku für Pablo übersetzte. Sie handelte davon, daß er sich einmal im Wald verirrt hatte und wie ihn ein guter Dämon zu seiner Hütte zurückbrachte. Nach und nach stand ein Mann nach dem anderen auf, trat vor den Baum und erzählte ihm, was in den vergangenen Monaten

alles geschehen war. Zuletzt, als alle anderen daran gewesen waren, verließ Mayaku den Platz an der Mauer. Auch er trat in die Mitte des Halbkreises und erhob seine Stimme.
„Ich wüßte gern, was er da erzählt", sagte Jonny.
„Wahrscheinlich das, was er in der Stadt am großen Strom erlebt hat und wie er mit euch wieder hierher zurückgekommen ist", erklärte Juan, der die ganze Zeit geschwiegen hatte.
Mayakus Bericht war der längste von allen, und als er endlich fertig war, schienen die Strahlen der Sonne schräg auf die Treppen der Pyramiden. Der Schatten des Pfahles war schon ein langer dünner Strich, der sich auf einen Felsbrocken zu bewegte. Immer noch hockten die Männer an ihren Plätzen.
Sheba stand auf und ging ein paar Schritte hin und her. Sie hatte Schmerzen im Rücken und fühlte sich steif und hungrig. „Wann erscheint denn endlich der seltsame Tamazul?" murmelte Jonny gelangweilt. Er wollte gern fotografieren, aber mit dem schwindenden Licht verringerte sich die Aussicht auf gute Bilder. Pablo zuckte mit den Schultern. Niemand konnte diese Frage beantworten. Sie warteten alle. Die Stimmen der Zikaden schwollen an, und am nahen See klagten die Frösche. Balam stand auf und ging zu dem Pfahl. Der Schatten war kurz vor dem Stein. Die Sonne näherte sich den Hügeln im Westen. Noch lag die Treppe von Tamazuls Pyramide im vollen Licht, als der Schatten des Pfahles den Stein berührte. Wieder hob Balam die Arme und ließ sie fallen. Da stand auf einmal eine unförmige Gestalt auf der obersten Stufe, und während die Musikanten eine wilde, ohrenbetäubende Musik anstimmten, kam sie langsam herab, Stufe um Stufe.

25. Kapitel

„Da ist er", sagte Pablo. Auch Juan, der sich fast die ganze Zeit unbeteiligt an die Mauer gelehnt hatte und nur mit halbem Interesse dem Schauspiel vor ihnen gefolgt war, richtete sich auf. Der Mann stieg langsam die Treppe herunter. Von der oberen Plattform bis zum Fuß der Pyramide waren es mehr als hundert Stufen. Sie waren verwittert und teilweise zusammengefallen. Er stieg herab, während die Sonne hinter dem zweiten Bauwerk versank und der Schatten ihm auf der Treppe entgegenkam. Das Unförmige an seiner Gestalt war ein sich im Abendwind aufbauschender Umhang aus bunten Federn. Seine bis weit über die Schultern herabhängenden Haare kamen unter einer hohen Kopfbedeckung hervor, die ebenfalls aus Federn zusammengesetzt worden war. Er hatte kaum mehr als zwanzig Stufen hinter sich gebracht, da blieb er auf einmal stehen. Die Trommeln schwiegen, und auf dem Platz breitete sich eine atemlose Stille aus. Männer, Frauen und Kinder hatten die Umgebung des großen Baumes verlassen und sich in einem neuen Halbkreis am Fuß der Treppe aufgestellt. Sie warteten. Auf was, war nicht ersichtlich. Der unangenehme Geruch der Stechapfelsträucher machte sich bemerkbar. Ein Tukan flatterte über den Platz. Er ließ sich auf einem Ast nieder und äugte mit schiefem Kopf auf die Menschengruppe unter ihm. Am westlichen Himmel zerfaserte der Wind die Abendwolken, und im Wald schrien die Affen.

Dann, als für Sheba die Spannung fast unerträglich wurde, drehte sich der Mann auf der Treppe plötzlich um. Er blickte nach oben und pfiff, und als Sheba seinem Blick folgte, war es, als bewege sich dort ein Felsbrocken, als erhebe sich der dunkle Stein, überlegte einen Augenblick und folgte dann seinem Herrn.

„Ein Hund", rief Jonny erstaunt.

„Das ist kein Hund, Señor", berichtigte ihn Juan mit zitternder Stimme, „das ist eine Katze."

„Eine Katze?"

„Ein Jaguar."

In dem Augenblick, als Sheba Juans Erklärung hörte, hatte sie keine Angst. Die Indianer standen ruhig da, als ob sie an den Anblick des Raubtieres gewohnt waren, und sogar der Tukan blieb auf seinem Ast sitzen. Irgend etwas in ihr wußte, daß sie sich nicht zu fürchten brauchte. Es berührte sie nicht, daß ihr Vater unruhig neben ihr hin und her rutschte und Jonny sich sehr beherrschen mußte, nicht zu fliehen. Der Jaguar sprang in leichten, elastischen Sätzen die Stufen hinunter, und als er seinen Herrn erreicht hatte, drehte der sich um und setzte seinen Abstieg fort.

Mayaku begann auf der Flöte zu spielen. Die weiche, monotone Melodie begleitete den Mann und die Raubkatze, bis sie in den aufsteigenden Schatten eintauchten und kurz danach den Fuß der Treppe erreichten. Auf der letzten Stufe blieb er stehen. Er hob seinen Kopf und streckte mit einer ähnlichen Gebärde, wie Balam es vor ihm schon getan hatte, die Arme gegen den Himmel.

„Großer Gott!" stammelte Pablo entsetzt, und Sheba erkannte im selben Moment, daß dem Mann der rechte Unterarm fehlte. Die Hand kam direkt aus dem Ellenbogen, und sie hatte nur drei Finger.

„Ein Krüppel!" rief Jonny, und Juan bekreuzigte sich.

Während Tamazul und die große gefleckte Katze die letzte Stufe herunterkamen und zu dem Baum gingen, um sich dort niederzulassen, erinnerte sich Sheba an Mayakus Worte. Der Gott Yambik bezeichnet den selbst, der einmal auf der Pyramide wohnen wird, hatte er gesagt. Wir wissen es schon bei seiner Geburt. Sie flüsterte es ihrem Vater zu.

„Dann war der Tote, den Pater Enrique auf einer Sandbank gefunden hat, wahrscheinlich sein Vorgänger."

Er schwieg einen Augenblick und dachte nach. „Irgendwo habe ich das schon einmal gelesen."

„Was?" fragte Sheba.

„Daß es Kulturen gab, die nur ein bereits im Mutterleib gezeichnetes Kind zu ihrem König ernannten. Francisco von Avila, ein spanischer Pater, berichtete schon 1620, daß er im Urwald am großen Strom viele Priesterkönige traf, die physisch anormal waren."

„Eigentlich nicht dumm", unterbrach ihn Jonny, der sich allmählich von seinem Schreck über den Jaguar erholte. „Wenn jemand nicht gehen

kann oder nicht greifen, nicht sehen oder nicht hören, kann er auch nicht jagen und für sich oder eine Familie Nahrung beschaffen. Dann muß er von der Gemeinschaft versorgt werden, und das gibt ihm die Zeit, über viele Dinge nachzudenken. Er kann seine geistigen Fähigkeiten ausbilden, und nur wer das getan hat, wird in der Lage sein, eine hohe Stellung auszufüllen. Aufgrund dieser uralten Erfahrung wissen die Indianer schon bei der Geburt eines körperlich gezeichneten Jungen, daß er der weiseste Anführer zu werden verspricht, sei es nun als König, Häuptling oder wie man es sonst nennen mag."
„Ich weiß nicht, ob du recht hast", sagte Pablo, „aber es könnte so sein."
Er wäre gerne aufgestanden, um die Gestalt des Tamazul aus größerer Nähe zu sehen. Aber Balam hatte ihnen die Rolle von Betrachtern zugewiesen. Nach dem Frevel an dem heiligen Baum durften sie ihn nicht wieder enttäuschen.
Sheba nahm Jonnys Überlegung noch einmal auf. Um seine Behinderung auszugleichen, dachte sie, konnte der Gezeichnete vor allem auf geistiger Ebene mit seinen Altersgenossen wetteifern, und da er nur wenig oder gar nichts hatte, was ihn davon ablenkte, überstieg sein Wissen bald das der anderen.
Der Gedanke gefiel ihr, und sie glaubte fest, daß dies bei Mayakus Volk die wahre Ursache für die Wahl eines Häuptlings sei.
Inzwischen hatte Balam mit Hilfe einiger Männer auf dem Platz einen Holzstoß errichtet. Er zündete ihn an, und während die kleine Flamme allmählich den ganzen Stoß in Brand setzte, stellten sich alle in einem großen Kreis um das Feuer auf.
Die Sonne war hinter den Hügeln im Westen verschwunden, und aus dem Dschungel im Osten kroch die Dunkelheit hoch. Vereinzelt blinzelten Sterne am Himmel. Der Mond blieb verschwunden.
Nachdem Mayaku und die anderen Musikanten ihre Plätze wieder eingenommen hatten, begannen sie zu spielen. Wild stampfend, wie eine Schlange, die sich selbst in den Schwanz beißt, umkreiste die Gruppe der Indianer das Feuer. Die Männer hatten sich ihre Kopfbedekkungen vor das Gesicht gezogen, und Sheba sah, daß es Masken waren. Bunt, mit hervorquellenden Augen, klaffenden Mäulern, bleckenden Zähnen und Schlangen, die anstelle von Haaren die Stirn umrahmten.

Sie waren anders als die Masken, die sie im Hochland gesehen hatte, verschlungener, ähnlich der wuchernden Wildnis. Im Licht des Feuers begannen sie zu leben, zu grinsen, zu schreien und zu heulen. Einige trugen dort, wo die Nase sitzen sollte, einen Schnabel, andere waren dem Kopf eines Jaguars nachgebildet. Schneller und schneller schlugen die Trommler auf ihre Instrumente. Schneller und schneller stampften die Tänzer im Kreis.

Balam hatte sich neben Tamazul gesetzt. In ihrem Schatten ruhte der Jaguar. Die Katze liebte das Feuer nicht. Es machte sie unruhig. Der Tanz dauerte lang. Dann brach er plötzlich ab, und alle hockten sich wieder hin und ließen die Kalebasse mit dem Getränk die Runde machen. Nur die Frauen und Kinder nahmen nichts.

„Ist das Rauschgift?" fragte Jonny. Aber Pablo wußte es auch nicht.

„Es versetzt uns in die Lage, Dämonen Widerstand zu leisten, wenn sie in finsteren Neumondnächten aus den Tiefen des Waldes hervorkriechen, um uns anzugreifen", ertönte Mayakus Stimme aus dem Dunkeln. Er war über den Platz zu ihnen gekommen, ohne daß sie es bemerkt hatten. „Auch sie versuchen, den Mond zu fangen, weil sie ihn unter die Erde mitnehmen wollen. Das Getränk gibt uns die Kraft, sie zu vertreiben und den Mond so lange zu jagen, bis er wieder am Himmel erscheint."

„Dann jagt ihr ihn nicht wirklich", stellte Sheba enttäuscht fest. Sie hatte sich vorgestellt, daß die Indianer mit Speeren bewaffnet auf Mondjagd ziehen würden.

„Was ist wirklich?" fragte Mayaku erstaunt.

„Wirklich bist du. Ich bin es auch und Pablo und Jonny und Juan und alles hier herum", erklärte sie ihm.

„Und was ist dann nicht wirklich?"

„Wenn du träumst oder wenn du glaubst, Dämonen zu sehen, die es gar nicht gibt."

„Die es nicht gibt", rief Mayaku erregt, „aber es gibt sie. Du wirst es gleich erleben!"

„Erzähl keinen Blödsinn!" fuhr Jonny ihn an, und Sheba wechselte schnell das Thema: „Wie ist das mit dem Jaguar", fragte sie, „ist er wirklich oder nicht wirklich?"

Mayaku zögerte mit der Antwort. „So wie du meinst, ist er das eine und das andere, Raubtier und Dämon, beides."
Sheba verstand nicht, was er damit sagen wollte.
„Er ist zahm", fuhr Mayaku fort. „Die Señorita braucht keine Angst vor ihm zu haben. Balam hat ihn als kleine Katze im Wald gefunden. Seitdem lebt er mit Tamazul in dem Haus auf der Pyramide und begleitet ihn nachts auf den Gängen über die Insel."
„Dann war er es, der uns erschreckt hat", sagte Pablo.
„Nein, nein, nicht er – es war Chulla Chaqui", murmelte Juan neben ihm. „Ich weiß es genau. Heute wechselt der Mond. Der Ayamamavogel – einer von uns . . ."
„Juan, sei still!" schrie Jonny wütend.
In der Gruppe der Indianer erhob sich auf einmal erregtes Gemurmel, als einer von ihnen aufstand und den Kreis verließ. Er zog mit einem kleinen Aststück eine Linie in den lockeren Boden, hinter der sich zehn oder zwölf Männer aufstellten. Sie starrten in die Finsternis und warteten.
„Was tun sie da?" fragte Pablo.
„Sie warten auf einen Dämon", sagte Mayaku.
Plötzlich ging eine Wellenbewegung durch die Reihe. Einer nach dem anderen duckte sich, als wiche er einem unsichtbaren Angreifer aus, und bedeckte dabei das Gesicht mit den Händen, als könnte er seinen Anblick nicht ertragen.
„Siehst du etwas, Mayaku?" fragte Jonny. Aber Mayaku konnte ihm keine Antwort geben; er war nicht mehr da.
„Offensichtlich verteidigen sie sich, den heiligen Baum, Balam und Tamazul vor dem Angriff eines Geistes, den sie sich einbilden", sagte Pablo.
Noch einmal zogen die Indianer ihre Masken über das Gesicht.
Unterstützt von einem wilden Trommelwirbel fuchtelten sie mit den Armen herum, als kämpften sie mit einem starken Gegner. Sie kreischten im Takt, und der Ton gellte in Shebas Ohren, daß sie glaubte, ihr Trommelfell müßte platzen. Nach einer Weile erlahmten ihre Bewegungen. Sie zogen sich in den Feuerkreis zurück. Es war nicht zu erkennen, wer den Sieg errungen hatte, sie oder der Dämon.

Wieder nahm jeder ein paar Schlucke von dem Getränk. Zwei oder drei wiegten summend ihre Oberkörper hin und her.
Pablo sah auf die Uhr.
„Es ist schon nach Mitternacht", sagte er. Im Wald schrie eine Eule. Auf einmal stand Balam auf. Er zwängte sich durch die Reihen, bis er vor dem Feuer stand. Als er die Arme hob, blitzte der goldene Brustschmuck auf. Er blieb einen Moment hoch aufgerichtet stehen, dann beugte er sich nach vorne, ergriff ein brennendes Aststück und schleuderte es mit einem lauten Ruf hoch in die Luft. Funkenstiebend zerbrach es und fiel hinter der Gruppe auf den Boden.
Das alles geschah so plötzlich, daß Sheba zusammenzuckte. Einen Augenblick lang erhellte das brennende Holz den Platz, und die Funken überstrahlten die Sterne am Himmel. Das Licht erreichte den Stamm des Baumes, beleuchtete die Gestalt Tamazuls, und Sheba sah, daß ein dunkler Schatten hinter ihm hochsprang und mit langen Sätzen in der Finsternis verschwand. Inzwischen war Balam dem immer noch brennenden Rest des Aststücks gefolgt. Begleitet von den freudigen Rufen der Gruppe, hatte er es ergriffen und einen großen Kreis in den Boden gezogen.
„Der Mond", sagte Sheba.
Zuerst war es nur eine Vermutung, doch dann, sie wußte auch nicht warum, Gewißheit. Fast alle jungen Männer, unter ihnen auch Mayaku, stellten sich in den Kreis mit den Gesichtern nach außen. Sie verschränkten ihre Arme untereinander und blickten mit drohenden Mienen in die Dunkelheit, als erwarteten sie abermals einen Angriff.
Pablo war aufgestanden. Er hatte sich auf die Mauer gesetzt, um besser sehen zu können. Sheba und Jonny waren seinem Beispiel gefolgt. Nur Juan hockte auf dem Boden. Er hatte die Beine hochgezogen und das Kinn auf die Knie gelegt.
In die Gruppe der Jungen kam Bewegung. Sie schwankte hin und her wie auf einem Schiffsdeck. Manchmal strauchelte einer von ihnen, dann rissen ihn die anderen wieder hoch. Unter den anfeuernden Rufen der übrigen raffte er sich auf. Und wieder sah es so aus, als versuche ein unsichtbares Wesen sie aus dem Kreis zu vertreiben und zu verleiten, über die Linie zu treten.

Für Sheba verschmolz alles zu einem verrückten Traum. Das Wirbeln der Trommeln, die im flackernden Licht des Feuers sich zu bewegen scheinenden Äste des Baumes, die Gruppe der schreienden Männer und die der schwankenden Jungen, darunter Mayaku. Sie war übermüdet, sah alles überdeutlich und dann wieder verschwommen, konnte die Töne nicht mehr auseinanderhalten, meinte eine Flöte zu hören, obwohl Mayaku nicht spielte, und überhörte das leise Fauchen in ihrem Rücken. Pablo und Jonny überhörten es nicht.
„Vorsicht!" schrie Pablo, und als Sheba sich umdrehte, sah sie zwei große grüne Augen auf der anderen Seite der Mauer.
„Jonny, nicht!"
Doch bevor irgend jemand eingreifen konnte, hatte Jonny das Gewehr an die Schulter gerissen. Der Schuß übertönte die Trommeln. Es war, als riß er ein Loch in die Geräusche des Urwaldes. Mit einem leisen traurigen Maunzen brach die große Katze zusammen.

26. Kapitel

Erst viel später, als Pablo allmählich erkannte, daß sie sich in der Finsternis verlaufen hatten, erinnerte Sheba sich wieder an alles.
Sie waren wie gelähmt stehengeblieben, nachdem der Schuß verhallt war. Balam war auf sie zugerannt und hinter ihm alle anderen Männer. Da hatte Pablo Jonny das Gewehr aus der Hand gerissen, damit er nicht noch einmal schießen könnte.
„Weg! Nur weg hier!" hatte er gerufen.
Es war nicht schwer gewesen, im Scheine des Feuers die Öffnung zwischen den Stechapfelsträuchern zu finden, und lange bevor die Gruppe mit Balam den toten Körper des Jaguars gefunden hatte, waren sie im schützenden Dunkel untergetaucht. Sie hatten die Männer vor Wut und Zorn schreien gehört und sich ausgerechnet, was passieren würde, wenn sie in ihre Hände fielen.
Später wunderten sie sich, daß es so still blieb hinter ihnen, bis Juan die Meinung äußerte, die Männer seien wohl unfähig, sie zu verfolgen. Das Getränk stärke zwar ihren Willen und beflügle die Phantasie, aber es schwäche die Muskulatur. Das gab ihnen einen Vorsprung, den sie dringend brauchen konnten. Seitdem waren sie durch den Wald gestolpert. Sie waren über hohe Brettwurzeln gefallen, hatten sich in Lianen verfangen, und viele Male waren ihre Füße im Schlamm stecken geblieben. Pablo hatte sich nicht getraut, ein Streichholz anzuzünden, weil er Angst hatte, daß das kleine Licht sie verraten könnte. Sheba erinnerte sich, und als sie wieder denken konnte, war es kein Traum mehr, da war es ein Alptraum.
„Weiß jemand von euch, wo wir sind?" fragte Pablo. Aber niemand wußte es. „Wir müssen das Kanu finden. Wenn wir erst auf dem See sind, sind wir in Sicherheit."
Doch wo sollten sie es suchen?
„Geradeaus bis ans Ufer, Señor", sagte Juan. „Dann sehen wir weiter."
„Wenn wir nur eine Machete mitgenommen hätten", jammerte Jonny. „Dann kämen wir rascher vorwärts."

„Damit die Schläge jedem Verfolger verraten, wo wir sind", sagte Pablo gereizt. Er überließ Juan die Führung. Der Mestize war im Wald aufgewachsen. In ihm floß das Blut eines Waldindianers. Sheba hielt sich dicht hinter Pablo. Hinter seinem breiten Rücken fühlte sie sich einigermaßen sicher. Er warnte sie, wenn ein morscher Baum ihren Weg versperrte, und reichte ihr die Hand, wenn sie so tief im Schlamm einsank, daß sie ihren Fuß nicht mehr allein herausbrachte.

„Pablo", sagte sie einmal, „glaubst du, daß es der Tod des Jaguars war, den der Ayamamavogel prophezeite?"

„Ich weiß es nicht", antwortete ihr Vater. „Schon möglich."

Sheba fiel die kleine Holzfigur wieder ein, die Mayaku sich zur Feier des Tages mit einer Schnur um den Hals gebunden hatte. Sie war das Bild seiner Buschseele und somit ein Stück von ihm selbst. Und als sie den Gedanken weiterspann, kam ihr, daß mit dem Tod der großen Katze auch ein Teil von dem Jungen getötet worden war.

Sheba lief durch den Urwald und weinte. Sie ahnte, daß der Schaden, den Jonny angerichtet hatte, weit größer war als ein Schuß auf gewöhnliches Raubwild. Sie war unendlich müde und hätte sich am liebsten hingesetzt. Es war ihr völlig gleich, was geschehen würde, wenn sie in Balams Hände fiel.

„Ich kann nicht mehr", rief sie schluchzend. Da blieb ihr Vater stehen und drehte sich um. Er tastete nach ihrer Schulter, holte dann weit aus und schlug ihr mitten ins Gesicht.

„Du kannst", schrie er wütend. „Stell dich nicht an!"

„Ich habe ja gleich gesagt, daß der Urwald nichts für ein Mädchen ist", meckerte Jonny, der Sheba fast umgestoßen hätte, als sie stehenblieb.

„Du halt die Schnauze", zischte Pablo. „Mit dir rede ich später."

„Señor!" Juan war ein Stück vorausgegangen.

„Juan?"

„Wir sind aus dem Wald, Señor", rief er. „Vor mir beginnt der Bambus."

Das Quaken der Frösche klang vertraut, und sie schöpften neue Hoffnung. Über dem Schilfwald flimmerten Sterne.

Kurze Zeit später fanden sie einen ausgetretenen Pfad.

„Rechts oder links?" fragte Pablo Juan.

Juan blieb stehen und überlegte. Er überließ die Entscheidung darüber seinem Gefühl und entschloß sich für links.
„Das ist falsch“, zischte Jonny von hinten. „Wir müssen in die andere Richtung.“
Aber weder Pablo noch Juan nahmen Notiz von ihm. Da blieb ihm nichts anderes übrig, als ihnen zu folgen. Einmal verfing sich in Shebas Haaren ein Zweig, und als sie sich mit einer heftigen Kopfbewegung zu befreien versuchte, riß sie sich eine Strähne aus.
Ihre Haut war zerkratzt und zerschunden, aber sie spürte es nicht. Sie versuchte, ihr Zeitgefühl wiederzufinden. Kurz vor dem Schuß hatte Pablo auf seine Uhr gesehen. Da war es nach Mitternacht gewesen. Sie überlegte, wie lange sie schon durch die Nacht irrten, aber sie wußte es nicht. Es kam ihr wie eine Ewigkeit vor. Juan blieb stehen. Vor ihnen lag ein freier Platz mit einigen Hütten. Er beobachtete sie eine Weile und lauschte. Erst nachdem er die Überzeugung gewonnen hatte, daß sie leer waren, ging er weiter, überquerte den Platz am Rande des Dickichts und suchte das andere Ende des Pfades. Er hatte gehofft, eine dem See zugewandte offene Stelle zu finden, eine Bucht, in der ein Kanu lag oder ein Floß, aber die Hütten waren nicht bewohnt, und der Bambusgürtel verdeckte das Ufer.
Sie liefen weiter, und niemand sprach ein Wort. Immer wieder blieb Juan stehen, aber es war nichts zu hören, außer dem Rascheln der Blätter und den Rufen der Tiere. Keine Flöte, keine Trommeln, das Fest war zu Ende. Im Osten erschien ein gelber Streifen. Er schimmerte durch die Bambusstangen, und als er heller wurde, glaubte Sheba den Pfad wiederzuerkennen. Sie konnten nicht mehr weit von der Stelle entfernt sein, an der das Kanu lag. Das Dickicht lichtete sich allmählich, und zwischen den wuchernden Pflanzen glitzerte das Wasser im Licht der aufgehenden Sonne. Juan folgte den Windungen des Pfades im Laufschritt. Fast stürzte er vorwärts, weil er es nicht mehr erwarten konnte, das rettende Boot zu erreichen. Daß niemand sie zu verfolgen schien, war ihm unheimlich.
Pablo, Sheba und Jonny hatten Mühe, ihm nachzukommen, und sie holten ihn erst ein, als er mit einem erschrockenen Ausruf stehenblieb. Vor ihnen lag die Bucht mit dem Boot, das mit ihrem Gepäck beladen

war. An seinem Bug lehnte Mayaku. Er hielt ein Blasrohr in der Hand. Er schien auf sie gewartet zu haben. Seine Miene war lauernd und böse. Das erste, was Sheba bemerkte, war, daß er die Holzfigur abgenommen hatte. An seinem Hals baumelte die leere Schnur. Der helle Schurz war zerfetzt, und die Haare hingen ihm über die Augen. Er wirkte auf sie wie ein gereiztes Tier, verzweifelt und zu allem entschlossen.

„Mayaku", rief Pablo. „Was hast du vor?"

Langsam versenkte Mayaku einen Pfeil im Rohr. Sheba sah gerade noch die schwarze mit Gift präparierte Spitze, bevor sie in dem ausgehöhlten Stab verschwand. Das Ende war mit etwas Kapok-Baumwolle umwikkelt.

Bis dahin hatte Pablo alles ruhig mit angesehen. Er war stehengeblieben, weil er es nicht für möglich hielt, daß Mayaku wirklich auf jemand von ihnen schießen würde.

„Der Pfeil ist vergiftet, Señor", flüsterte Juan zitternd. „Er tötet in wenigen Sekunden."

Das löste seine Erstarrung und brachte ihn dazu, zu handeln.

„Laß das, Mayaku!" rief er. „Jonny hat den Jaguar erschossen, weil er sich bedroht fühlte. Es war keine böse Absicht."

Aber der Junge gab ihm keine Antwort. Ganz langsam hob er das Rohr an die Lippen und zielte auf Jonny.

„Hilf mir! Du hast das Gewehr!"

Da riß sich Pablo das Gewehr von der Schulter. Er hob es in Augenhöhe, zielte und schoß und wußte in gleicher Sekunde, in der er den Abzug zurückschnappen ließ, daß er sein Ziel verfehlt und Mayaku getötet hatte. Eigentlich hatte er ihn nur verwunden wollen, den linken Ellenbogen anvisierend durchgezogen, als er hinter Kimme und Korn aufgetaucht war. Doch dann hatte Mayaku eine kleine Bewegung gemacht, kaum mehr als ein Straucheln zur Seite. Der Schuß hatte ihn in die Schläfe getroffen. Er kippte nach hinten, stürzte ins Wasser und war schon tot, bevor Juan und Pablo ihn erreichten.

„Jesus Maria", flüsterte Juan erschrocken.

Der Junge lag auf der Seite, und seine dunklen Haare schwammen im Wasser. Seine Augen waren auf den See gerichtet, aber er sah nichts mehr mit ihnen, keinen Himmel, keine Sonne und keinen Wald.

„Ist er tot, Señor?" fragte Juan. Sie zerrten ihn hoch und legten ihn am Ufer nieder. Pablo prüfte seine Reflexe und nickte dann langsam. „Das wollte ich nicht", sagte er verzweifelt.
„Juan, du bist mein Zeuge. Ich wollte ihn nicht töten. Ich habe auf seinen linken Arm gezielt, damit er das Blasrohr fallen läßt, aber er hat sich bewegt. Sag, daß du das gesehen hast, Juan."
„Ich hab's gesehen, Señor", tröstete ihn der Mestize, „aber, por favor, wir müssen uns beeilen. Der Schuß hat uns verraten. Es ist höchste Zeit!"
Währenddessen hatte Sheba mit hängenden Armen dagestanden. Vor ihren Augen war alles wie ein Film abgelaufen: der an das Kanu sich lehnende Junge, wie er ganz langsam das Blasrohr lud. Der Ausdruck seines Gesichts, als er es an die Lippen hob und auf Jonny zielte. Dann der Knall und wie er nach hinten fiel, als habe ihm ein unsichtbarer Gegner einen Schlag versetzt.
Seine Haare schwammen wie Algen im Wasser. Wie die Haare von Tsungi, dem Dämon im großen Strom, schoß es ihr durch den Kopf. Alles lief vor ihr ab, aber sie wollte es nicht begreifen.
„Sheba, komm endlich!"
Jonny zog sie ins Boot, während Juan schon die Leinen löste. Er schob es hinaus, und als es genug Wasser unter dem Boden hatte, sprang er hinein und griff nach dem zweiten Paddel. Das andere hatte Pablo schon in der Hand. Sie verließen die Insel, ohne sich noch einmal umzudrehen. Die Furcht, doch noch verfolgt zu werden, saß ihnen im Nacken, und sie paddelten um ihr Leben.
Nicht einmal Sheba wendete den Kopf, um Abschied zu nehmen.

27. Kapitel

Sheba saß an einem Tisch und schrieb. Um diese Zeit war es still bei den Hütten. Sogar die Vögel verstummten in der Hitze des Mittags. Ein großer Käfer krabbelte über den Tisch auf sie zu. Seine schmalen geschlossenen Flügel waren grauweiß gefleckt. Wie ein Gesicht waren die Flecken angeordnet, ein Menschengesicht mit tiefen Augenhöhlen und geöffnetem Mund.

Sheba sah ihm eine Weile zu, wie er die langen Fühler bewegte und vorsichtig näher kam. Dann schob sie ihn mit dem Stift so heftig beiseite, daß er über die Tischkante rutschte und auf den Erdboden fiel.

85. Tag, schrieb sie in ihr Heft.

Wir sind bei Pater Enrique. Von unserer Rückkehr kann ich Dir nicht viel berichten. Wir benutzten das Kanu, das Mayaku am Fuß des künstlichen Staudammes zurückgelassen hatte, und fuhren mit ihm flußabwärts bis zu dem Wasserfall.

Juans Schiff war unversehrt, und wir erreichten mit ihm die Mission von Pater Enrique. Es dauerte lange, bis ich begriff, was alles geschehen war. Es kam ganz allmählich und umwickelte mich auf schreckliche Weise. Alles begann mit dem Buch, das meinen Vater auf die Idee brachte, hierher zu kommen, um nach einem Volk zu suchen, das bis dahin ein ungestörtes Leben führte. Das Schlimmste war nicht die Verletzung des Baumes oder der Tod von Mayaku und dem Jaguar, es war unsere Neugier. Sie war die Ursache von allem. Es kommt mir so vor, als hätten wir etwas zerbrochen, das nun nicht mehr zu reparieren ist. Immer noch sehe ich Mayaku, wie er im Regen den Kopf hob, als rede er mit den Tropfen, und ich war traurig, weil ich nicht wußte, wie er es machte, und eifersüchtig, weil er mit ihnen sprach und nicht mit mir.

Sheba überlegte eine Weile. Auf dem Handrücken ihrer linken Hand saß ein Moskito. Sie beobachtete, wie er langsam den Rüssel senkte und seinen Stachel in ihre Haut bohrte. Der Schmerz weckte sie auf, und sie schleuderte das Insekt mit einer raschen Bewegung von sich. Dann schrieb sie weiter:

Ich könnte das Heft nehmen und in den Fluß werfen, aber das kommt mir feige vor. Also werde ich das Geschriebene aufbewahren, damit ich es Dir geben kann, wenn wir uns eines Tages begegnen.
Adios, Sheba.
PS. Ein Satz aus Mayakus letzter Erzählung geht mir nicht aus dem Kopf. Ich weiß auch nicht warum: „Der Kolibri ist's", sagte das Mädchen, aber es hörte nicht auf ihn, weil er ein so kleines Haus hatte. Vielleicht kannst Du es mir eines Tages erklären.

Bücher zum Thema Südamerika

Leo Deuel: Kulturen vor Kolumbus. Das Abenteuer Archäologie in Lateinamerika. München (dtv) 1982

Victor von Hagen: Sonnenkönigreiche. Atzteken, Maya, Inka. München (Droemer Tb) 1978

Sabine Hargous: Beschwörer der Seelen. Das magische Universum der südamerikanischen Indianer. Basel (Sphinx) 1976

Felix Karlinger, Elisabeth Zacher (Hrsg): Südamerikanische Indianermärchen. Köln (Diederichs) 1976

Erwin Patzelt, Peter Baumann: Erinnerungen eines Kopfjägers. Moquimbio erzählt von Leben, Traum und Magie im Amazonas-Regenwald. Frankfurt (Krüger) 1978

Popol Vuh: Das Buch des Rates. Köln (Diederichs) 1980